苏缨 著

纳兰典评宋词英华

（北宋卷）

陕西师范大学出版社

容若的选评后来并未流行
这似乎是一件大可怪异的事情
大约一来是私人语境缺乏与大众心理的呼应
二来就是天才所注定要承受的曲高和寡吧
委婉蕴藉敌不过简单直白
上乘意境敌不过格言口号
山越高，能登上的人就越少

6 拣尽寒枝不肯栖 / 052
——苏轼《卜算子·黄州定慧院寓居作》（缺月挂疏桐）

7 天涯何处无芳草 / 059
——苏轼《蝶恋花》（花褪残红青杏小）

8 家在西南，长作东南别 / 070
——苏轼《醉落魄·离京口作》（轻云微月）

9 若有知音见采，不辞遍唱阳春 / 078
——晏殊《山亭柳·赠歌者》（家住西秦）

10 年少抛人容易去 / 087
——晏殊《玉楼春》（绿杨芳草长亭路）

13 一川烟草，满城风絮，梅子黄时雨 / 131
——贺铸《青玉案》（凌波不过横塘路）

14 空床卧听南窗雨，谁复挑灯夜补衣 / 140
——贺铸《鹧鸪天》（重过阊门万事非）

15 记得年时沽酒那人家 / 145
——仲殊《南歌子·忆旧》（十里青山远）

16 马滑霜浓，不如休去，直是少人行 / 152
——周邦彦《少年游》（并刀如水）

17 人如风后入江云，情似雨余黏地絮 / 160
——周邦彦《玉楼春》（桃溪不作从容住）

18 出墙红杏花 / 163
——魏夫人《菩萨蛮》（溪山掩映斜阳里）

后　记 / 166

序 / 004

1 自在飞花轻似梦，无边丝雨细如愁 / 007
——秦观《浣溪沙》（漠漠轻寒上小楼）

2 郴江幸自绕郴山，为谁流下潇湘去 / 017
——秦观《踏莎行·郴州旅舍》（雾失楼台）

3 醉乡广大人间小 / 027
——秦观《醉乡春》（唤起一声人悄）

4 一波才动万波随 / 033
——黄庭坚《诉衷情》（一波才动万波随）

5 古今如梦，何曾梦觉，但有旧欢新怨 / 043
——苏轼《永遇乐》（明月如霜）

11 此际宸游，凤辇何处，度管弦清脆 / 092
——柳永《醉蓬莱》（渐亭皋叶下）

12 情色宋词 / 102

12.1 顾我风情不薄，与君驿邸相随
——越娘《西江月》（一自东君去后）

12.2 伤高怀远几时穷，无物似情浓
——张先《一丛花令》（伤高怀远几时穷）

12.3 几重山，几重水
——张先《碧牡丹》（步帐摇红绮）

12.4 更隔蓬山几万重
——宋祁《鹧鸪天》（画毂凋鞍狭路逢）

12.5 水精双枕，傍有堕钗横
——欧阳修《临江仙》（柳外轻雷池上雨）

12.6 留取待春深
——欧阳修《望江南》（江南柳，叶小未成阴）

序

人们了解纳兰容若，大多是因为他的词，而事实上，容若的成就远不止此。在他生活的时代里，词只是小道，只是所谓艳科，儒学才是第一等的学问。容若依靠家世背景和自己一流的学养，汇编过一套大部头的《通志堂经解》，这书直到现在仍然是学者们案头必备的。

贯通古今的学术修养赋予了容若开阔的眼界和独立思考的精神，他对历代诗词名篇多有评述，从《诗经》直到明末诗词，从海纳百川到专主一家，以他自己的眼光筛选并议论前辈们最顶尖的作品，从不曾人云亦云、随声俯仰。

容若的点评，大多只是寥寥几笔，甚至只有三四个字，也没有什么飞扬的文采，并不像一些前辈评论家那样把这当成一件工作或是一种事业，似乎也没有结集出版、流传于世的意思，倒更像是自己读书时随手做的笔记，话都是对自己说的，不加修饰。也正是因为这个缘故，这些评选既不用考虑世俗的口味，也不会故作惊人之论，更不会形成什么成体系的文艺理论。自然，如此私人化的东西容若也不会轻易示人。

所以，这些评选在容若生前只有很少的人看过，现在史料能够告诉我们的只有顾贞观留下的零星记载。按照顾贞观的说法，有些时候他和容若一起谈诗论词，容若会把一些心得与议论中的妙语记下；另一些时候，容若会突然升起一些不明来由的忧郁，便信手翻阅古人的诗集、词集来纾解情绪，时而在书眉上批点一些什么。

容若的选评后来以抄本的形式流传于世，并没有迅速得到刊刻。有清代第一才女之称的顾太清收藏过这样一个抄本，爱不释手。她在一首诗里这样记录过自己的阅读感受："但从旧典拈佳句，不向红尘觅解人。"顾太清似乎真切地感受到了容若的孤独，并相信自己正是容若身后不多的解人之一。

我的这个推论可能有些过分，但至少可以肯定的是，顾太清认为，容若确实把自己的情感寄托在对前人诗词的寻章摘句与点评之中，他的选评反映了他独特的审美素养，他并不期望、也并不认为世人会认同他的眼光，他只把这些摘选与笔记作为私人语境下的一种珍藏。

的确，容若的选评后来并未流行，这似乎是一件大可怪异的事情，毕竟以一代词宗的身份，以一分翩然侧帽的佳公子的眼光，所选必是精品，所评必是高论。细想其中的原委，大约一来是私人语境缺乏与大众心理的呼应，二来就是天才所注定要承受的曲高和寡吧。今天，流传最广的唐诗选本是蘅塘退士的《唐诗三百首》，这个选本原先只是一个儿童启蒙读本而已，是针对儿童的接受能力而专门设计的；流传最广的古文选本是《古文观止》，选编者和蘅塘退士一样，都是在诗文方面藉藉无名的人物，反而如钟惺、姚鼐这些文坛大家的选本很快便不为人知了。委婉蕴藉敌不过简单直白，上乘意境敌不过格言口号，这也是自然而然的事。山越高，能登上的人就越少，歌伎都会唱出“若有知音见赏，不辞遍唱阳春”的话来，但这个“若”字若始终都是假设与期待，《阳春》很快便会失传。

普希金曾说诗要有贵族气，这句话可以有很多解释，是贵族的情操还是贵族的修养，或者是一种永远脱离大众的高雅？无论如何，诗和二人转多少还是有一点区别的。诗的审美体验是更深层、更含蓄的，需要动脑，需要感受，需要更多的时间、学养和阅历来慢慢消化。——这样的要求实在太高了，不是吗？

苏缨

2008 年 12 月

1. 自在飞花轻似梦，无边丝雨细如愁

——秦观《浣溪沙》

漠漠轻寒上小楼，
晓阴无赖似穷秋。
淡烟流水画屏幽。

自在飞花轻似梦，
无边丝雨细如愁。
宝帘闲挂小银钩。

【词人小传】秦观（1049—1100），字太虚，后来把字改成少游，号淮海居士，词集称《淮海集》《淮海居士长短句》。秦观是高邮（今属江苏）人，元丰八年（1085）考中进士，元祐初年担任秘书省正字，兼国史院编修。秦观和苏轼交情很深，亦师亦友，是“苏门四学士”之一，而在宋代党争当中，苏轼是旧党的灵魂人物，所以无论秦观有什么政治取向，别人都会把他当做旧党队列里的。在绍圣初年，旧党遭到清洗，秦观也受到牵连，被贬官监处州

酒税，远谪郴州，又谪雷州，徽宗朝被赦还，但走到藤州就死掉了。

秦观虽然以词名盖世，但在政治上只是一个很小的角色，所遭到的政治迫害与其说是政见问题，不如说只是受了苏轼的牵累。这样的事实也许会减弱一些秦观作品中的悲情色彩，也许反而会使其悲情色彩显得更浓，这就取决于读者的阅历、审美能力与角度了。

纳兰容若喜欢秦观的词，也喜欢秦观这个人。作为词人，容若最大的心愿便是和秦观、黄庭坚他们一起下到地狱去。我在《纳兰词典评》里讲过容若的一首《虞美人 · 为梁汾赋》，说的就是这样一种虽千万人吾往矣的劲头。当然，这个“地狱”未必就是写实，而是透露了这样一个信息：秦观他们的词美则美矣，却总是被当做文学中的非主流，甚至还常常会招致名门正派的君子们的嘲讽。

那么，哪些人才会喜欢这样的非主流的词呢？有两种人：一是重情重义的人，二是豁达不羁的人。在秦观的时代里，有两位大名鼎鼎的人物便符合这两个标准，他们恰好是政治上的一对死对头：苏轼和王安石。

苏轼喜欢秦观，这是很容易想见的，秦观位列“苏门四学士”，两人的关系是亦师亦友，民间更传说秦观是苏轼的妹夫，事情虽然八卦得很无稽，影子却是真的：这两个人确实亲密得很。苏轼曾经写信给王安石，附上秦观的作品，说这样的才子绝不能让他寂寂无闻，希望借助王安石的影响力来让更多的人知道秦观。王安石对秦观作品的感觉如果一言以蔽之，就是惊艳，又知道秦观于佛学浸淫很深，笔下大有清空妙丽之气，相形之下，自己与苏轼倒显得庸俗可憎了。

但是，词艺中的秦观毕竟是一个离经叛道、我行我素的人，世人若非有苏、王那般的胸襟与眼界则难以欣赏与包容，就连与秦观齐名、并同样为容若激赏的黄庭坚对秦观也有点看不下去了，专门写过一首诗来规劝，说秦观才华难得，故而逞才之时更须谨慎，搞得秦观老大地不高兴。

为什么会这样呢？原因其实很简单：秦观写的爱情诗词实在太多了，而且这类诗词里还有太多逞才炫技的手法，可见他为了博取心上人的欢心下了多大的工夫，而这些因秦观而词史留名的女子大多是歌伎。于是，秦观的词便如同红学家眼里的《红楼梦》，是有无数本事需要细心索解的，比如下面这首《南歌子》：

玉漏迢迢尽，银潢淡淡横。梦回宿酒未全醒。已被邻鸡催起、怕天明。

臂上妆犹在，襟间泪尚盈。水边灯火渐人行。天外一钩残月、带三星。

词意非常明显，写的是情人伤别，稍有诗词基础的人便能看出来。但是，除了这层意思之外还有一层隐意，这层隐意悄悄交代了词中女了的名字。这便使这首《南歌了》具有了两重属性：公众性与私密性。

所谓公众性，是说这首词可以公开发表，任何人都会把它当做一首抒写情人伤别的佳作；所谓私密性，是说在千万读者之中，只有了解某件私密故事的人才能从中读出另一层贴身的意思。关键就在词的最后一句："天外一钩残月、带三星"。

"三星"并不是三颗星星，这句话看似平铺直叙，其实是用到典故的，即《诗经·唐风·绸缪》里的"绸缪束薪，三星在天"。《绸缪》本就是一首缠绵的情歌，在"三星在天"之后接着的是："今夕何夕，见此良人？子兮子兮，如此良人何？"——《诗经》是古代的必读书，所以，我们现代人由此而无法产生的联想在古人那里却是自然而然发生的。理解诗词，就有必要把自己代入古人的语境中去。

三星，其实就是参星，即参宿，古汉语三、参互通。《绸缪》里的"三星在天""三星在隅""三星在户"分别是指参宿在天空中的不同位置，对应人间的时节便是十月、十一月和十二月，周代的这对情侣缠绵而愁苦，因为这三个月份都不是结婚的日子，仲春才是婚期。秦观用到这个典故，暗含有情人难成眷属的意思。

而另外的一层意思，“天外一钩残月、带三星”又是一则字谜，一个残月一般的弯钩上边点上三点，这是一个“心”字，秦观写这首词的时候正在蔡州做官，陷入了与蔡州名伎陶心儿的火热恋情。这首词，陶心儿自然是读得最懂的。“我还是宁愿相信，她的往事，只是为我而曾经透明过”，这样的一种情绪，是爱情，也是禅意。——宋代临济宗杨歧派的圆悟克勤大师的悟道诗这样写过：

金鸭香销锦绣帷，笙歌帐里醉扶归。

少年一段风流事，只许佳人独自知。

如果仅从字面上看，这是一首赤裸裸的情诗，但正是这首诗里点明了公众话语与私人话语的分别，以“佳人独自知”的私密无言而顿悟禅心。理解文艺作品有两种方式：一是把自己代入作者之内，二是把作品抽离作者之外。我们从《南歌子》里读出《绸缪》的隐喻，读出陶心儿的名字，这便是第一种方式；读出禅意，读出公众话语与私人话语之别，这便是第二种方式。纳兰容若在评点秦观词的时候，对《浣溪沙》（漠漠轻寒上小楼）给出了三个注释，《南歌子》便是其一，同是秦观所作的《水龙吟》是其二，这是以作者本人的其他作品来解读该作者的某一作品，第三个注释便是圆悟克勤的这首悟道艳诗了。以情证禅，以禅证情，以秦观证秦观，容若自己则不着一字而尽得风流，这难道不也是一种禅意吗？

作为注释之二的《水龙吟》也是秦观词作里非常有名的一首：

小楼连苑横空，下窥绣毂雕鞍骤。朱帘半卷，单衣初试，清明时候。破暖轻风，弄晴微雨，欲无还有。卖花声过尽，斜是院落，红成阵、飞鸳甃。

玉佩丁东别后，怅佳期、参差难又。名缰利锁，天还知道，和天也瘦。花下重门，柳边深巷，不堪回首。念多情，但有当时皓月，向人依旧。

关于这首《水龙吟》，有过一则很著名的故事：一次苏轼和秦观会面，闲谈之间苏轼问起秦观近来可有新的词作，秦观便举了这个"小楼连苑横空，下窥绣毂雕鞍骤"。苏轼笑道："十三个字，只说得一个人骑马从楼前过。"秦观问苏轼的新作，苏轼说道："我也有一首说楼上之事的，即'燕子楼空，佳人何在，空锁楼中燕'。"旁边的晁无咎感叹道："三句话说尽张建封燕子楼一段故事，奇哉！"

这则词话常被人用来阐释诗词语言的优劣：自然是简约为优、繁复为略，初学者也往往人云亦云。其实远不是那么回事。简约与繁复各有所长，对于苏轼的那三句话，如果读者根本不知道张建封燕子楼到底是怎么回事，只能读得一头雾水，如果真如晁无咎所言，那么《长恨歌》显然就是最低劣的作品了，我也可以用"马嵬坡上雨霖铃"一句话说尽唐明皇、杨贵妃一段故事，奇哉！宗白华先生讲美学，说豪放与婉约一个是"骏马秋风冀北"，一个是"杏花春雨江南"，各擅胜场，于优劣没有可比性，这道理用在这里也是一样的。再说，事情还有另外一面，即苏轼对秦观这首《水龙吟》根本是不明就里的，而这首词也同那首《南歌子》一样，记述着一段恋情，隐藏着一位女子的名字。

词的上片首句"小楼连苑横空"，下片首句"玉佩丁东别后"，分别藏了楼、东、玉三个字，这是秦观在蔡州的另外一段艳遇。那女子姓楼名婉、字东玉，是蔡州的一名营伎，有些版本在词牌之下还有一个词题：赠妓楼东玉，可见秦观这一番苦心孤诣是为恋人而发的。

《南歌子》《水龙吟》和《浣溪沙》（漠漠轻寒上小楼），三首词都写于元祐年间，很可能也同是在蔡州时的作品，三首中艺术水平最高的无疑当属《浣溪沙》，不但容若将之列为选评宋词的第一首，历代诗词大家对之也多有推崇，而容若以《南歌子》《水龙吟》为《浣溪沙》作注，是否也暗示着它们的主题是相同的呢？一篇写给陶心儿，一篇写给楼东玉，另一篇写给谁呢？也许有人会责备秦观的薄情，但是，爱可以是一瞬间的事情，也可以是一辈子的事情，每个人都可以在不同的时间爱上不同的人，而每一场爱情也都可以是撕心裂肺的。

这首《浣溪沙》似乎根本看不出有什么撕心裂肺的感情，反而平平淡淡，像是想要说些什么，终于又懒得说了。也许这就是烟花熄灭的时候吧。正如有人说的，爱情原来是很像我们去观望的一场烟花。它绽放的瞬间，充满勇气的灼热和即将幻灭的绚烂，我们看着它，想着自己的心里原来有这么多的激情。后来烟花熄灭了，夜空沉寂了，我们也就回家了。

这首词的确平平淡淡，通篇都没有正面出现过的人物与直抒胸臆的情绪，除了意象的堆叠，也只有“上小楼”这一个很普通的动作而已，但是，一种若有还无的风神韵致却跃然纸上，无以复加。

“漠漠轻寒上小楼，晓阴无赖似穷秋。淡烟流水画屏幽。”上片只写了她一个上楼的动作，其余笔墨却完全写些不相干的东西：轻寒、晓阴、画屏，仅仅罗列了一些意象，作者到底要说什么，却不清楚。艺术之妙处，往往正在这有无之间。

“自在飞花轻似梦，无边丝雨细如愁。宝帘闲挂小银钩。”下片的前两句是宋词里第一等的名句，这是一联对仗句：落花是自在的，轻轻地飞，像梦一样轻；雨是细细的，绵长的，如同愁绪。这分明颠覆了传统语言，因为一般的比喻可以说梦似飞花、愁如细雨，秦观却反过来说，把两则平常的比喻化为神奇。这两句之后，镜头又转到了写实，窗帘被挂钩挂了起来，这本来只是个很平常的场景，但一个“闲”字却再化平常为神奇——窗帘也好，挂钩也好，任凭怎么挂也不可能“闲”的，秦观却从这个意象捕捉到了一种意态，也许是词人自己的意态，也许是窗子里边那位女子的意态：似乎慵懒而寂寞，有些轻轻的伤感，有些淡淡的倦意。到了怎样的程度呢？轻轻的梦，轻如飞花；淡淡的愁，淡如丝雨。我们的小学语文课本里就讲“情景交融”，这首词正是情景交融的最佳范例，字面说景而暗暗含情。

前人评秦观的词，说他的一大特色是平易近人而不着力，这首《浣溪沙》恰是一个典型。好像就是轻轻松松、随随便便说出来的而已，没有慷慨高歌，没有沉郁顿挫，没有绮丽浓艳，没有超然脱俗，总之，没有语不惊人死不休的那种写作感觉，而意境自然而然、悠长而有无限的余味。这便是一种禅境了，淡淡写来，毫不着力，一着力便会落入下乘。

这首词，不写谁在梦、谁在愁，不写为何而梦、为何而愁，不写她如何梦、如何愁，只是以一些意象的巧妙堆积，含蓄地传达出了一种意态。这便是中国古典诗词的一大特色，与西方诗歌赤裸裸、浓烈烈的爱情宣言形成了鲜明的对照。这种手法后来被美国一些诗人大为推崇，他们甚至从此改变诗风，不再直接抒情，而是以塑造意象来传达情感意态，于是形成了美国现代诗歌中大名鼎鼎的意象派。后来中国的朦胧诗兴起，诗人们从美国意象派取经，殊不知真正的源头却在自家的祖先那里。

意象派的手法是塑造意象而使意在言外，但纯粹的意象式写作手法是英语诗人学不来的，这是语言的天然差异所致。秦观这首《浣溪沙》可以说是意象式的作品，我们可以对比庞德的名作《地铁车站》(In a Station of the Metro)，全文只有两句：

The apparition of these faces in the crowd;
Petals on a wet, black bough.

这首诗的中译本很多，以杜运燮的译文最为流行：

人群中这些面孔幽灵般显现，
湿漉漉的黑枝条上朵朵花瓣。

只是意象而已，到底诗人要表达什么意思，就需要读者各自揣摩了。但这个译文有个缺点，即用到“显现”这个动词，而原作的一大特色是完全不用动词。但庞德也许很不甘心，因为语言的天然差异，就算他不用动词，也不得不用到形容词和介词，而中国古老的意象派却可以完全使用名词来构造意象，典型的例子如“鸡声茅店月，人迹板桥霜”，又如“楼船夜雪瓜州渡，铁马秋风大散关”，还有前边提到的“骏马秋风冀北，杏花春雨江南”也是一例。作为意象化的表达手法来讲，这是很极端、也很巅峰的。

诗歌总是有传承、有交流、有发展的。常听人说“诗必盛唐”“词必北宋”，这话其实很没道理。古人普遍最推崇的诗是《诗经》，但这一来是因为传统的好古之风，二来是因为《诗经》在经学中的神圣地位。如果说起艺术作品的深度，歧义空间的扩大正是文艺作品提升深度的一个极为重要的因素。从这一点来说，《诗经》里的作品还是非常粗糙、非常原始的，虽然很有质朴之美，但这就像我们现代人欣赏原始人的住宅设计一样，欣赏归欣赏，距离产生美，但那毕竟无法和现代住宅相比。常见有人把《诗经》的艺术水准捧得太高，这是很没道理的。

唐诗宋词也是同样的道理。我们就看秦观这首《浣溪沙》，下片名句“自在飞花轻似梦，无边丝雨细如愁”脱胎自五代冯延巳的“撩乱春愁如柳絮，悠悠梦里无寻处”而大有胜之，“宝帘闲挂小银钩”脱胎自南唐中主李璟的“手卷珠帘上玉钩”而更胜一筹。再看全词意象化的表达手法，李白《玉阶怨》里就有“玉阶生白露，夜久侵罗袜。却下水晶帘，玲珑望秋月”，这也是为美国意象派大师庞德所激赏的作品。诗艺的成就得益于一代代人的不断积淀，技术手段和艺术理念都在不断翻新，就算在民国时期，诗词佳作也是很多、很精彩的。唐诗宋词在现代社会的那些流行作品大多是因为浅白才流行的，曲高和寡是个放之四海而皆准的真理。

历来评诗论词，有一种说法是讲篇与句的关系。如果一首诗里有一句很好，而全篇并不出彩，这叫有句无篇，最好的情况是又有句又有篇，秦观这首《浣溪沙》恰恰是有句有篇的典型。

《浣溪沙》这个词牌，下片的前两句构成全词中唯一的一处对仗，所以正是全篇中最适合出“句”的地方，秦观以“自在飞花轻似梦，无边丝雨细如愁”来成就之。

对于诗词中的名句，一般人都有一个误解，认为诗词要有格言警句为最好。事实上，诗艺层面上的名句和格言警句是不一样的。我们可以说一首诗里的格言警句鼓舞人心、激扬斗志，如何如何地好，但这种好只是格言意义上的好，绝不是诗艺的好。诗艺要求流畅自如，单独的句子如果太突出、太直白，这是会毁掉全篇的，也会打消掉诗歌的余韵与歧义空间。诗人们对此也有一个漫长的认识过程，从古典诗歌到现代诗歌都是这样。莎士比亚把十四行诗从彼特拉克体 4433 的格式变成了 4442，使最后一个诗节变成了两句，目的很简单，就是要营造警句出来。这是当时的一个革命，但这个手法很快就从主流的诗歌语言里淡化下去了。再如大家熟悉的“卑鄙是卑鄙者的通行证，高尚是高尚者的墓志铭”，作为格言，这两句话非常精彩，但从诗艺层面讲，却是败笔。

温柔敦厚、含蓄而有余韵，这是中国古典诗歌的一大传统；婉约清丽、风致幽微，这是花间词的传统，是词的正根。北宋词人，真正在词的正根上步入新的佳境的，秦观是最有代表性的人物。及至清代，纳兰容若继续在词的正根上前进，因循的也正是秦观的路子。南宋时，因为词学尚雅而使秦观的词坛正宗地位受到动摇，清代文坛也出现过这种迹象，这才有容若的词学宣言："眼看鸡犬上天梯，黄九自招秦七共泥犁。"的确，这样的情歌在博大雅正的社会里总是要有一些我行我素的勇气的，要甘于多病，甘于长贫，甘于任人笑骂，正是"笑他多病与长贫，不及诸公衮衮向风尘"。

2. 郴江幸自绕郴山，为谁流下潇湘去

——秦观《踏莎行·郴州旅舍》（雾失楼台）

雾失楼台，月迷津渡。
桃源望断无寻处。
可堪孤馆闭春寒，
杜鹃声里斜阳暮。

驿寄梅花，鱼传尺素。
砌成此恨无重数。
郴江幸自绕郴山，
为谁流下潇湘去。

秦观这首《踏莎行》也是名篇中的名篇，但要弄清到底是什么意思，却有好几种解读的途径。在分别进入几种途径之前，有必要交代一下这首词的写作背景。

秦观的科举和仕途一直是坎坎坷坷、很不顺利的，即便有苏轼的极力推荐，好运气也总是才一露面便飘然远飏，仿佛它到来的唯一目的就是让秦观充分体会再次跌落时的落差。直到元祐五年，秦观终于被任命为秘书省校对黄本书，心情顿时为之一畅。其实这个职位是政府新设的，简

直低到不能再低了。所谓黄本书，就是藏于秘阁专供皇帝读的书，是用黄纸抄写的，秦观要做的就是给这些书作校对。到了第二年，秦观升迁了，做了正字，但岗位职责还是图书校对。我们似乎很难把这位惊才羡艳、风流倜傥的词人和埋着头一丝不苟的校对工作者联系起来，但秦观自己还是非常得意的，得意得甚至有些飘飘然了，他写过这样的一首诗：

金雀觚棱转夕晖，飘飘宫叶堕秋衣。
出门尘涨如黄雾，始觉身从天上归。

这是说傍晚下班了，从宫里出来，秋风吹过，尘土飞扬如同黄色的雾气，自己置身其中，感觉像是从天上归来一般。看来人只要心情一好，连沙尘暴都是美的。这样的情绪，用儒家的话说叫器小易盈，用老百姓的话说叫小人得志，所以当时就有人觉得秦观不过做了个小小的皇家校对就如此炫耀招摇，恐怕是没多大前途的。

让秦观志得意满的这个岗位来自于一位叫赵君锡的大臣的举荐。这正是党争激烈的时候，秦观在政局上虽是个小小不言的人物，对他亦师亦友的苏轼却是派系中的一面大旗，所以反对派要攻击苏轼，秦观也是躲不过去的。

党争往往会形成这样一个特点：只分敌我，不论是非。俗话说“男怕入错行，女怕嫁错郎”，而对于政治斗争中的几乎所有人来讲，“男怕站错队”才是一句关乎身家性命的至理名言。更加要命的是，苏轼一派的对头里边满是理学名臣，而以正义自居的人往往视持不同意见者为魔鬼，以君子自居的人往往视持不同意见者为小人，那么，对于魔鬼和小人，打击起来自然可以无所不用其极。于是，苏轼兄弟被描述为奸佞之徒，秦观也成了薄幸小人。

其实说到这两派之争，与其说是由政见分歧而起，倒不如说是性格差异使然。一方多是道貌岸然，一方却是性情自任。秦观也确实喜欢流连于歌楼酒肆，在歌女的传唱中飘扬着填词国手的名声。这名声在现在看来无疑是令人尊崇的，但在当时那些正人君子的眼里，也确实轻浮了些。这个时候，苏轼的死敌贾易对苏派人物又发起了新一轮的猛攻，当初对秦观有荐举之功的赵君锡也“翻然悔悟”，认清了秦观的轻浮嘴脸，向皇帝上书作了深刻的自我检讨，这对秦观真是雪上加霜。

诗人的政治幼稚病马上便出现了。苏辙不知道从什么渠道非法地探知了贾易弹劾的内容，出于对哥哥的关心，又继续非法地把这些内容告诉了苏轼；苏轼出于对秦观的关心，又非法地把这个非法得来的消息告知了秦观。按说秦观做到心里有数也就是了，他却跑到赵君锡那里为自己申辩，更要命的是，他竟然想出了一条“妙计”，说贾易弹劾自己的那些罪名，大多数贾易自己也有，这真是乌鸦站在猪身上了，所以，如果赵君锡也以同样的罪名来弹劾贾易，问题也就不解而自解了。

秦观大概觉得，赵君锡既然曾是自己的推荐人，自然是可以推心置腹的，但让秦观万万没有想到的是，赵君锡转脸就把这次推心置腹的谈话奏报上去，说消息竟然能走漏到秦观这里，可见苏轼一派阴险狡诈、机关算尽。

这一下，铁证如山，辩无可辩，苏轼被外放颍州，秦观也被罢免了正字之职。

一年之后，苏轼从颍州回到了京城，却与秦观绝少来往了。又过了一年，秦观由宰相推荐，作了国史编修的工作。仅仅两个月之后，太皇太后高氏病故，苏轼失去了保护人，哲宗亲政，政治气候骤变，元祐旧党再遭贬逐，秦观先迁杭州，再贬处州，又被削去官秩，逐至郴州，跌进了人生低谷中的最低处，这首《踏莎行》就是写于郴州旅舍的。这个时候，不但朋友们都遭放逐了，就连当年攻击苏派不遗余力的敌人们也遭到放逐了，真是人生如棋局局新呀。在这个硕大的棋局里，秦观从来就没有走一步看三步的本事。

回顾当初贾易和赵君锡对秦观的弹劾，倒也不是空穴来风。秦观风流俊雅、温婉多情，又是填词的一等高手，正是下马倚斜桥、满楼红袖招的人物。再者，我们现在从诗词选本了解秦观，其实是非常片面的。要知道，我们读到的这些都是千挑万选的佳作，如果秦观的词都能有这种格调，就算在宋朝也不会被人斥为轻浮的。但是，翻翻秦观的《淮海词》，除了三俗的，甚至还有诲淫诲盗的，略举两例：

《河传》（恨眉醉眼）

恨眉醉眼。甚轻轻觑着，神魂迷乱。常记那回，小曲阑干西畔。鬓云松、罗袜刬。

丁香笑吐娇无限。语软声低，道我何曾惯。云雨未谐，早被东风吹散。闷损人、天不管。

浣溪沙（脚上鞋儿四寸罗）

脚上鞋儿四寸罗，唇边朱粉一樱多。见人无语但回波。

料得有心怜宋玉，只应无奈楚襄何。今生有分共伊么。

这些词作更像是出自文化流氓的手笔，就算扫黄办不管，正人君子也很难看得下去，甚至连苏轼都不以为然。所以说党争归党争，但也不能说政敌们全是坏蛋，全是在造谣诬陷。

以上这些内容，便是这首《踏莎行》的前因。至此，便可以分别进入不同的解读途径了。

这或许是一首自怜身世、又关乎爱情的小词。一说有一名南方歌伎爱极了秦观的词，在秦观南贬的时候终于有机会见到偶像，誓要以终身托付。秦观虽然大受感动，但考虑到自己正是犯官之身，又值政坛风声鹤唳之际，不能再惹是非，便以这首《踏莎行》相赠，自己则孤身前往贬所。没过多久，秦观去世，灵柩还在路上的时候，那位歌伎忽于梦中有感，醒来后便前往拜祭，回来后便自缢而死。

这样，词的下片“驿寄梅花，鱼传尺素。砌成此恨无重数”，说的便是两人在书信来往中相思之情与离别之恨越来越浓，而“郴江幸自绕郴山，为谁流下潇湘去”，更是以郴江环绕郴山为喻，有情人本当天天厮守，郴江却终于流远，离别而无法回头。

反观上片，“雾失楼台，月迷津渡，桃源望断无寻处”，在郴州看到的，是大雾弥漫，月影朦胧。楼台是魏阙，津渡是出路，如今全然望不到了，茫茫不见前途。想躲进那美丽而纯真的桃源，却怎么也找不到桃源的方向。——这又是一个表面写景、实则含情的写法，最关键的意象便是桃源。

一说桃源，每个人都会想到陶渊明的《桃花源记》，那处桃源据说是在武陵，与郴州同属湖南。桃源，始终是一个乌托邦的理想世界，可以是政治上的寄托，可以是人生中的港湾。但当下的这个桃源，首先是实有所指的：郴州东北有一座山，汉代有一位叫做苏耽的修行者在此得道成仙，这里遂被名为苏仙岭。苏仙岭有洞名桃花洞，有溪名桃花溪，道家称此地为天下第十八福地，这便是秦观身边实实在在的一处桃源。然而，诗艺的妙处在于，桃源一语，让人无法分清到底是实是虚、是真是幻。若说是实，语意似乎别有寄托；若说是幻，当地明明便有一处桃源。这就是诗歌语言中歧义空间的巧妙营造，究竟如何理解，就看每一位读者自家的感悟了。

桃源的歧义空间还不止于此：即便是理想中的桃源，也有两处。一是武陵的桃花源，二是刘晨、阮肇桃源遇仙女的那个桃源，主题不再是世外的乌托邦，而是凡人与仙女的恋爱。因此，秦观这里的桃源隐喻，便当是为那位南国歌伎而设，在这个爱情的桃源里，秦观只能听任哒哒的马蹄惶然而过，只能作为过客，而无法落脚成为归人。

上片的末两句“可堪孤馆闭春寒，杜鹃声里斜阳暮”加重了这种伤感的情绪。孤馆，即孤单的驿舍，驿舍是不会孤单的，说它孤单，是因为驿舍里的人孤单；杜鹃，是诗词中常有的意象，这种鸟儿传说是古蜀国亡国之君杜宇所化，啼声悲切，让人不忍卒听，尤其是，杜鹃的啼声很像是“不如归去”，因此，诗词中凡是涉及“归去”的意思，总难免以杜鹃的啼声来衬托，比如秦观另一首词里便有“杏园憔悴杜鹃啼，无奈春归”。杜鹃已啼，斜阳已暮，时光欲挽而不可留，谪人欲归而归不得。

全词充满着一种绝望的情绪，唯一的一点暖意便是有情人的两地相思，但就连这相思也是绝望的，谁都不会认为以后当真会有长相厮守的机会，哪怕连短暂的聚首也是奢求了。纳兰容若这里评道：“山长水远情人别，一种相思两不期”，只有相思，却无期待，真是绝望中的绝望，悲凉中的悲凉。秦观，无论诗词、仕途、爱情还是人生，无论是好运还是厄运，自始至终，总与歌伎脱不了干系，几分浪漫，几分辛酸。

其实，不但秦观的一生总是与歌伎相伴随，整个宋词的传播也大大得益于歌伎。但很多人对歌伎充满了误解，所以这里简要地作一些澄清，也好让大家对宋代的文人生活与诗词传播多一些了解。

当时的文人士大夫经常招伎饮酒，就连程颢、程颐这样的理学宗师也参加过这种宴会，还留下了一个“座中有伎，心中无伎”的禅意盎然的故事。但是，古代的歌伎和现代的妓女是不一样的，如果按照现在的分类，歌伎属于合法的演艺人员，理论上说是只卖艺而不卖身的。但另一方面，歌伎属于贱民，没有独立的户籍。官伎隶属于官府，属于乐籍；私伎隶属于主人，和牛马猪羊一个地位，可以被主人自由买卖，也广为士大夫所蓄养，宋词名家如欧阳修、苏轼等，概莫能外。

官伎又分几种，大家读宋词和宋代史的时候会常见到“营伎”这个词，这不是随军慰安妇，而是特指隶属于地方政府的官伎，其管理机构叫乐营，负责人称乐营将，所以地方上的官伎便被称为营伎。前文讲过秦观在蔡州时恋上的楼东玉和陶心儿便是蔡州的营伎。

从经济角度看，伎女是当时的一支巨大的生产力。王安石变法向农民搞过低息贷款，本来是鼓励农业生产的，但具体办事的地方官们很有心眼，等农民一进城，这边放贷，那边安排歌伎在酒肆里吹拉弹唱，引得农民们才贷了款就把钱花进了酒肆。地方官为什么这么做呢，因为酒税占当时税收比例的很大一块，中央很重视，于是官员的升迁也会和酒类销售业绩挂钩。官员们为了促进酒的销售，就想出了这种损招，给农民做局下套子，由此还生出了一个新词，是我们现在还在用的：设法，原意就是设一个圈套引人来钻。

政府用官伎来作酒类促销，获利很大，也积极促进了文化生活。太阳底下无新鲜事，“繁荣娼盛”早在那年头就已经深入人心了。

但这个“娼”，实则是“倡”，毕竟还只是歌伎，不是妓女，与时俱进那是一千年以后的事。宋代对官伎是有管理制度的，官员们可以使官伎佐酒，但卖淫嫖娼是被严令禁止的。这个制度还延续到了后世，比如讲明史的书里提到靖难之变，常说明成祖朱棣把失败的政敌们的妻子、女儿没入乐籍，充任官伎，每天有很多男人兴致勃勃地来轮奸这些曾经的金枝玉叶。这个故事流传很广，其实这只是低俗小说的亢奋想象，不可当真的，官伎虽是贱民，但不是妓女。

还有一个流传很广的故事是“扬州瘦马”，因为《投名状》而尽人皆知，其实“养瘦马”其语其事早在宋代就有了。这些“瘦马”养成之后就被卖为歌伎。卖的时候还要签合同，要经过官方认可，合同有签终身的，也有只签几年的。

官伎不卖身，私伎当中有些则是市井妓女，也有歌伎兼职卖淫的，李师师就是其中的典范。

歌伎们不但长得漂亮，而且多才多艺、能歌善舞，和文人士大夫很有共同语言，所以很容易摩擦出火花，产生出爱情。而嫁给文人士大夫的良家妇女却是严禁学这些东西的，夫妻之间只有义务和感情，而罕见会有爱情。这一点是我们现代人尤其值得注意的，否则的话，以现代价值观来衡量这些古人，把悼亡诗词理解为爱情的表现，那么我们在看到那些写出深沉悼亡诗的文人竟然又和歌伎缠绵起来，难免会怒从中来，痛骂这些人面兽心的古人。——我已经见过不少这样的例子了，所以说，要想理解诗词，有必要了解一些当时的社会背景和价值观念。

至此，我们该转入第二条解读路径了——这首词无关爱情。

第二条路径是：这首词是秦观向朋友表达心迹之作。在经历了赵君锡那件事之后，秦观毕竟连累了苏氏兄弟，苏轼虽然不说什么，但两人的关系开始有些微妙起来。其他的朋友们也多站在苏轼一边，对秦观颇有微词。如在黄庭坚与秦观的通信中，敏感的秦观显然觉察到了这种尴尬的局面。秦观也是有苦说不出呀，虽然是无心之失，但错得实在太愚蠢了！于是，朋友间的通信，一封封叠加着怨气，所谓“驿寄梅花，鱼传尺素。砌成此恨无重数”便是指此而言的。“郴江幸自绕郴山，为谁流下潇湘去”，这两句在写作手法上叫做“以景结情”，好处就是言尽而意不尽，但因为“意不尽”，也就很难考实了，只能各有各的理解，如程怡先生经过一番考证说：“很可能是向朋友表示：尽管我被看做是苏轼的朋党而流放潇湘，但我觉得，就像郴江本来就绕着郴山一样，我之所以会成为苏轼的朋党，全然是因为我不可移易的天性。”

“郴江幸自绕郴山，为谁流下潇湘去”，这两句被苏轼爱极，显然大有感慨，王国维却觉得其中无甚深意。两人都是大家，谁对谁错，颇难定夺。或许这两句中自有一番让苏轼这个“当事人”独有所感的私语也未可知。历代酷爱这两句词的人很多，他们的理解却大相径庭：有人说这是秦观自悔不该离乡入仕，更不该介入党争，也有人说这是秦观因自己忠而见疑、信而受谤，于是呼天抢地，穷诘究竟……说法还有许多，而确切的答案也许在公众话语里永远也无法为人所知了，但这正是诗歌的魅力所在，是诗歌语言所营造出的歧义空间的魅力所在。

但无论歧义空间的范围有多大，反观这首《踏莎行》，情绪上是悲怆而近乎绝望的，这是可以肯定的。王国维说秦观的词风是凄婉，而至“可堪孤馆闭春寒，杜鹃声里斜阳暮”则一变而为凄厉。叶嘉莹先生也说这是秦观所有词作里最悲哀的一首，而这样的悲哀在很大程度上是性格使然：与苏轼、黄庭坚相比，秦观“是三人中年岁最小的一个，可是，却是死去最早的一个，因为他经不住挫伤，经不住打击”。

这样的描述似乎让我们看到了纳兰容若的影子，也难怪容若深爱秦观其人其词，把他引为隔世知己了。但是，秦观的悲哀却不同于容若的富贵闲愁，他的经历也不同于苏轼与黄庭坚，他的生活似乎永远在低谷里徘徊。有人说秦观早年科举失利，便颓丧得几乎无以自拔，可见其性格的敏感和脆弱，殊不知那场科举秦观很可能根本就没参加——他不知因为什么事情坐了牢，这个牢还是皇帝的诏狱，可见事态的严重。好容易出狱之后，已经倾家荡产，只能求亲告友，想谋一个教书先生的工作。自此而后，无论官场还是人生，秦观几乎永远都在底层，也永远都在经受波折，即便在死后，也因为党争的牵累，名列元祐党人碑，书被禁、版被毁，子孙不得入仕。秦观这一生，唯一的顶点就是他的词（这甚至让他凌驾于苏轼之上，因为苏轼以诗入词，在当时过于前卫，并不被太多的人接受），而最有自信的生活便只在歌楼酒肆之间、黛眉红袖之侧。

今天如果有人去郴州，可以在苏仙岭上看到一块石碑，这碑上是秦观的这首《踏莎行》，还有苏轼的跋，由米芾题写，因而得名“三绝碑”。

一块小小的石碑或许没什么看头，可看的是石碑背后的这些故事。——对了，如果你真的去了那里，会发现石碑上的词和我这里讲的在文字上有些出入。宋词的流传有很多是靠歌女的口口相传，最后被哪位有心人收集整理，所以文字的出入是常有的事。容若选录的是通行本的《踏莎行》，一般选本也是这样，但也有人认为三绝碑版的文字才是原版，才更加顺畅无碍且韵味深远。但为了避免枯燥，这个版本比较我只好略过不谈了，仅把碑版的文字抄录下来，在文字出入的地方加了着重号，请大家自己体会吧：

通行本：

雾失楼台，月迷津渡。桃源望断无寻处。可堪孤馆闭春寒，杜鹃声里斜阳暮。

驿寄梅花，鱼传尺素。砌成此恨无重数。郴江幸自绕郴山，为谁流下潇湘去。

三绝碑版：

雾失楼台，月迷津渡。桃源望断知何处。可堪孤馆闭春寒，杜鹃声里残阳树。

驿寄梅花，鱼传尺素。砌成此恨无重数。郴江本自绕郴山，为谁流下潇湘去。

3. 醉乡广大人间小

——秦观《醉乡春》

唤起一声人悄，
衾冷梦寒窗晓。
瘴雨过，海棠晴，
春色又添多少。

社瓮酿成微笑，
半缺椰瓢共舀。
觉倾倒，急投床，
醉乡广大人间小。

讲这首《醉乡春》，正需要书接上文。

随着政治风向的逆转，元祐旧党遭到了彻底的清洗，苏轼一派的人马被纷纷外放,越贬越远。——别看政治斗争如火如荼，但宋朝的确称得上是整个中国历史上唯一的一个知识分子的天堂。宋朝重文轻武，对知识分子有一些很具优惠性的基本国策，诸如不杀士大夫、不因言论杀人等，所以，别看总有处心积虑的迫害、总有纷纷扰扰的禁书，但终两宋之世，因此而被杀的士大夫大约只有宋高宗时代的两人而已。

既然不能杀，办法就是贬。一般而言，宋人观念中是以首都为中心，犯的罪越大，被贬得就离首都越远，而如果被贬的官员获准接近首都一些，往往就预示着政治新生的来临。谁也说不清政治风向的倏忽南北，士大夫们既然不会被杀，只要能活下去，就总有翻身的机会。于是，宋代官场很像是一个以首都为中心的漩涡，不断地在把人们抛进抛出，反反复复。

无论有意无意，秦观既然站了队，必然要随苏轼他们一起沉浮。苏轼被外放了，秦观也因为“影附苏轼”这顶并不冤枉的帽子被贬到了处州（今浙江丽水），至于具体的罪名，是说他在担任史馆编修的时候增撰《神宗实录》。——这倒不能说纯属诬陷，毕竟历史记录是无法脱离主观性的，无法脱离修史者的价值观与个人立场，屁股往往会取代史实成为评判的标准，就像我这里一讲纳兰容若，就会有明粉骂我玷污中国历史，让我“滚回通古斯猪圈”。

到了处州，秦观无限缅怀在京城的好日子，那时候同道相聚，携手同游，如今风流云散，“春去也，飞红万点愁如海”。更要命的是，秦观到处州要管收税。让秦观收税就像让我写抒情读物一样，简直就是不见血的酷刑。但日子总是要过的，我也捏着鼻子抒情了，秦观也咬着牙记账了。千载之下，同病相怜！

诗人摆弄账簿其实也有诗人的办法，马尔克斯在《霍乱时期的爱情》里就让诗人阿米萨做过同样的工作，那一页页本该是枯燥乏味的册页上竟然铺满了诗歌的语言，旁人读起这样的账单也会被异样的美感击晕吧？可惜秦观不会这手本事，他取的是另外的解决方案。

这一时期，秦观写过《处州水南庵》两首，其中之一是：

竹柏萧森溪水南，道人为作小圆庵。

市区收罢鱼豚税，来与弥陀共一龛。

“来与弥陀共一龛”，这句诗成了秦观曾在寺中落脚的证据，于是我们今天的游客就可以在当地栖霞寺旁看到一块石碑，上面刻着“宋秦淮海先生留宿处”，实在风光得紧。

秦观在诗中可一点都不风光，他自道工作内容是：到市场上卖鱼、卖猪的小贩那里收税。虽然说任何工作都是为人民服务，不分高低贵贱，但我们似乎很难想象秦大才子去干这种工作，何况他青年时代也是有过远大抱负、更被高人们以国士相期许的。人生最大的悲剧怕要算是理想与现实出现巨大反差、才干与应用的驴唇不对马嘴，古人将之归纳为“小姐的身子丫鬟的命”，确是正解。没受过社会主义正确人生观教育的秦观显然不懂得干一行、爱一行的道理，时常意识到自己是“小姐的身子”，苦闷便越积越厚。怎么办?

这实在是一种很有普遍性的苦闷，前人也早就给出过各式各样的解决办法。最适合秦观的也许要算王维路线了：念佛。晚年的王维写过这样两句诗：“一生几许伤心事，不向空门何处销”，充分暴露了虽然不纯洁、却很有世道人心之基础的念佛动机。

佛教本来也算是一种很积极的东西，要人勇猛精进，摆脱轮回之苦而到达圆满的彼岸世界，但真正以这种精神学佛的人始终是少之又少的，人们多是在苦闷无处纾解的时候到佛门里来寻找慰藉，也很乐于喝几口佛教在庸俗化之后所炮制出来的心灵鸡汤。

这种鸡汤的营养成分并不取决于其配料本身，而取决于喝鸡汤的人会不会刨根问底。举个例子，有一个流传很广的小故事，说小和尚不小心弄坏了老和尚精心培育的兰花，很怕老和尚生气责罚，谁知老和尚心平气和地说：“我不是为了生气才种兰花的。”这故事乍听之下很有道理，但不知道当你家唯一的房子被人纵火烧掉之后，你会不会也和老和尚一样心平气和地对纵火犯说“我不是为了生气才买房子的”呢?

好在秦观并不是一个喜欢刨根问底的人，心灵鸡汤喝了一碗接一碗，心情总算好了一些。但这就带出了一个问题：熬鸡汤是要花时间的，秦观一个上班族哪来这么多的时间？——答案是：反正这个班越上越难受，秦观索性泡病号了，用泡病号的时间来抄写佛经，这一抄还竟然抄得连篇累牍。这还不算，秦观甚至写诗来记录这回事，这便是在秦观一生中极重要的那首《题法海平阇黎》：

寒食山州百鸟喧，春风花雨暗川原。

因循移病依香火，写得弥陀七万言。

诗中说自己因为生病而亲近佛教，抄写《阿弥陀经》达七万言之多。但是，在钦佩与同情之余，这也会让我们读出问题：既然病到不能上班，哪来那么大精力抄了那么多佛经呢？

敌人的眼睛一直在盯着秦观，没事还要找出事来，更何况不但有事，连罪证都由当事人亲自提供了。于是秦观再次遭贬，这就贬到了郴州，才有了上一节中的《踏莎行 · 郴州旅舍》。随后，秦观又由郴州被逐到横州（今广西横县），离中央越来越远了。“言多必失”真是一句永恒的真理，这毛病苏轼也没少犯，尤其是那些幽默感的天然流露，着实惹恼了一些毫无幽默感的正人君子。

横州地处广西，那时候的广西和现在可不一样，山多人少、民贫地瘠，一个郡还比不上别处的一个县，文化水平也很落后，终两宋之世，这里就没出过什么达官显贵，更没什么文人骚客。最要命的是，广西的民风与中原大不相同，简直就是外国。时人记述这里的婚俗，说新郎要先到新娘家住上半年，其间常常需要扬刀立威，找茬砍死几个妻子的婢女。只有杀得多、杀得狠，让妻党产生畏惧，这才是大丈夫，否则就会被讥为懦弱。而且就算是扬刀立威，扬的也不是现在名闻全国的户撒刀，户撒刀要到明朝才有。

民风不同，广西的气候也大不同于中原，潮湿憋闷，常有瘴气，当地因此送命的就大有人在，更别提水土不服的外来客了。总而言之，当时的广西就相当于苏俄的西伯利亚，是流放政敌的最佳所在。

天气闷，一年四季都闷；人心愁，从早到晚都愁。秦观在横州写过《宁浦书事》组诗，其中第三首就是：

南土四时尽热，愁人日夜俱长。
安得此身作石，一齐忘了家乡。

人一发起愁来，时间就过得慢了。“愁人日夜俱长”，一些爱国者们可以由此推论：秦观的相对论思想萌芽比爱因斯坦要早多少多少年。但秦观肯定不会因此自豪的，他这时候反而羡慕起没感觉、更不会吟诗作词的石头来：石头是不会发愁的，更不会想家。

但另一方面，外界环境既是客观的，也是主观的，所谓境随心转，广西的好与坏在更大程度上取决于观看者的心情与性格。心情可以是一时的，性格却是长久的，黄庭坚也被贬到了广西，却一头迷到桂林山水里了，这才是正牌的儒家态度，不以物喜、不以己悲，就算刀架在脖子上了，也会和刽子手聊两句北野武的暴力美学。

心有多宽，天地就有多宽，反之也是一样。黄庭坚去广西看风景，秦观也看：横州城西有一座桥，桥南桥北海棠丛生，娇艳动人。有一位姓祝的书生，家就在这海棠桥边的海棠丛中，秦观一天醉宿其家，醒来后便在柱子上题了一首小词，就是这首《醉乡春》。词中梦觉、雨过、花发、春来，感觉竟也有一些温暖和晴朗，词眼却在最后一句“醉乡广大人间小”，容若说这一句道尽了千古失意之人的醉态。人间本是天大地大，却没有立足之地，醉乡本是太虚幻境，却只有幻境之中才可容身，这种反差与逼仄有多少人能够承受得起呢?

人是谪人，地是异乡，敌人还在虎视眈眈，朋友早已心生罅隙，何况岁数也大了，身体也差了，就算心还能坚持，眼睛怕也看不到转机了。初遭贬谪的时候还念念佛、抄抄经排解郁闷，现在连念佛都不敢念了，除了醉乡，还有哪里可去呢?

性格并不能决定命运，却能够影响到生活质量。苏轼这时候处境更惨，被贬到海南岛上，秦观好歹还没有渡海。但在苏轼，“此心安处是吾乡”，不必青灯古卷，也不必醇醪佳酿，天大地大，我心更大，总有一分豁达。

但秦观不是苏轼，“醉乡广大人间小”，理想找不到出路，现实又无处容身，“小姐的身子丫鬟的命”已经算是好的，真混到甘做丫鬟而没人肯要的地步，这时候除了醉乡，还有哪里可以歇脚呢?

醉乡广大之后，受益的只有那座桥，一经名人题咏便身价百倍，因“瘴雨过，海棠晴”一句而得名海棠桥，直到现在仍是当地名胜。秦观还在那位祝先生的帮助下，在海棠桥边开馆教学，人们常说秦观为了向文化落后的广西地区传播知识作了多大多大的贡献，这在客观上倒也勉强成立，但从秦观当时的处境来看，已经穷到快揭不开锅、要靠干粗活儿挣饭吃了，所以开馆教学，恐怕更多的只是为生计考虑。到了明代正德年间，地方官在海棠桥边修建书院，于是，在圣天子的光辉指引下，横州人民为了永远纪念秦观精神、深刻发扬秦观遗志，便把这座书院命名为淮海书院。现在淮海书院又被翻修，但不再是书院了，而是博物馆，二层小楼，飞檐斗拱，也是当地名胜之一。秦观当时如果能在这栋楼里教书，一家人维持温饱应该总不成问题吧?

海棠桥、淮海书院，地方不大，故事却多，去横县旅游的朋友不妨一看。文化景观毕竟会越来越少的，我们能给后人留下的旅游景点恐怕也只有各地辉煌富丽的政府大楼了。

一波才动万波随

——黄庭坚《诉衷情》

一波才动万波随，
蓑笠一钩丝。
锦鳞正在深处，
千尺也须垂。

吞又吐，信还疑，
上钩迟。
水寒江静，满目青
山，载月明归。

【词人小传】黄庭坚（1045—1105），字鲁直，号山谷道人，洪州分宁（今江西修水）人，治平四年（1067）进士，历任著作佐郎、秘书丞。黄庭坚也是“苏门四学士”之一，也和秦观一样在党争中受了苏轼的牵累。绍圣初年，黄庭坚因为修《神宗实录》失实的罪名被贬为涪州别驾，黔州安置。到了徽宗朝，因为政治风向有变，黄庭坚被召知太平州，但很快又受处分，被编管宜州，再贬永州，黄庭坚没等接到这最后的皇命就死掉了，享年六十一。

黄庭坚多才多艺，在诗歌和书法领域都成就极大，填词反倒不是他的最佳特长了。黄庭坚的诗与苏轼齐名，世称“苏黄”；词与秦观齐名，世称“秦七黄九”。著作为《豫章集》《山谷词》。

秦七、黄九，都是容若的偶像。古人喜欢用排行来称呼别人，唐诗宋词里常见，比如唐代诗人高适送别一位朋友，写下“征马嘶长路，离人挹佩刀”这样深沉的诗句，诗的题目也很深沉，叫做《别王八》。

黄九虽然谐音黄酒，但好歹比王八好听。黄九，大名叫黄庭坚，字鲁直，号山谷道人，和秦观同属苏门四学士之一，成就却大大高于秦观。黄庭坚有很多头衔：以诗而论，他是江西诗派的开山祖；以书法论，“苏黄米蔡”里的“黄”就是说他，这两个都是文化史上第一等的头衔，“词人”对他却是一个小头衔了。

单独论词的话，黄九其实比不上秦七，一般的宋词选本也是选秦观的词多，选黄庭坚的词少，甚至如叶嘉莹先生的《唐宋词名家论稿》根本就没有黄庭坚的位子，显然不把他算在名家之列。但既然这样，容若为什么还要标举秦七、黄九呢？这里有一个掌故：黄庭坚年轻时便喜好填词，笔法多走绮丽温婉的路子，当时有个很严肃的关西大和尚法云秀斥责黄庭坚，说：你写这些黄色小调，撩拨世人淫念，罪过可太大了，你将来要堕入拔舌泥犁的。

填词填成黄色小调，这本是柳永常干的。但柳永本就是个市井人物，黄庭坚可不同，是个学问大家。所以黄庭坚填淫词就好比大教授去写《十八摸》，确实不大让人看得起的，正人君子们总要说些闲话的。

人以类聚，物以群分。苏轼的身边总是一些聪明人、有才气的人、诙谐幽默的人，苏党的敌人们却多是一些正襟危坐、不苟言笑的人物。所谓敌人们，既有政治上的，也有文艺上的，法云秀和尚就是后者中的一例。政治问题姑且不论，单在文艺上，便有过一些针锋相对却也趣味盎然的交锋。最典型的例子是苏轼拜访法通禅师。

当时苏轼正在杭州任上，特意去净慈寺拜访法通，但苏轼不是一个人去的，随身还带着歌伎，这可算是对佛门的大不敬了。想想阿珂为进少林寺费了多大的周章，但苏轼不同，一来净慈寺没有武林高手，二来苏轼是位官老爷，法通和尚虽然不满，也只好皱着眉、咧着嘴、憋着气，把苏轼他们请进去了。

苏轼这是有备而来，带的歌伎不是摆设，于席间唱歌助兴，唱的是苏轼一首新作的《南歌子》:

师唱谁家曲，宗风嗣阿谁？借君拍板与门槌，我也逢场作戏、莫相疑。

溪女方偷眼，山僧莫眨眉。却愁弥勒下生迟，不见老婆三五、少年时。

这首《南歌子》，分明就是向法通禅师下的战书，通篇全是佛家语，我就不一一细讲了，只说最后这个“不见老婆三五、少年时”。这是唐朝的一个故事，那天正是新科进士列队出行，领队的看见路上有一个骑着瘦驴的老头儿，一脸落魄相，便吆喝道:“快给新科进士让路！”谁知这老头儿回话道:“阿婆三五少年时，也曾东涂西抹来。”这话是说:老婆子也有年轻的时候，当年也涂脂抹粉的。——这老头儿名叫薛逢，也是进士出身，此刻虽然晚景不佳，但当年也曾同样风光过，而这些新科进士，谁知道多年之后会不会也和现在的薛逢一样呢？（顺便一提，“涂抹”这个词就是从薛逢这句话来的。）

苏轼用到这个典故，意思是说:歌伎又如何，良家女子又如何，官员又如何，和尚又如何，阿婆三五少年时，也曾东涂西抹来。佛法面前，哪有这些身份地位之别？看到歌伎的时候，法通禅师那一皱眉，于佛学修为上便已输了一筹。——看到这里，我们不禁感叹社会确实在进步着，现在的和尚们的修为可比一千年前的法通高多了。如今大家想进寺院，不分男女老少、各行各业，纵然还不能在佛法面前一律平等，至少在金钱面前已经一律平等了。

净慈寺事件轰动当时，如果换到现在，就相当于各大门户网站纷纷在首页挂了标题：苏轼携妓勇闯佛门净地（他们很可能会有意无意地把歌伎的“伎”换成妓女的“妓”），精英和愤青们也会开始各占阵地，枪炮往来。

黄庭坚就是属于精英阵营的。净慈寺事件一出，不少人跟着起哄，把苏轼那首《南歌子》和了一遍又一遍，表达自己的见解和立场，其中就有黄庭坚步韵和的两首：

郭泰曾名我，刘翁复见谁。入鄽还作和罗槌。特地干戈相待、使人疑。
秋浦横波眼，春窗远岫眉。补陀岩畔夕阳迟。何似金沙滩上、放憨时。

万里沧江月，波清说向谁。顶门须更下金椎。只恐风惊草动、又生疑。
金雁斜妆颊，青螺浅画眉。庖丁有底下刀迟。直要人牛无际、是休时。

第一首大意是：张三、李四也好，歌伎、良民也罢，这都只是符号而已，何必妄生分别，更不必为此大动肝火，观音菩萨还曾化身荡妇普度众生呢。

第二首大意是：佛法澄明空廓，佛心坦荡无碍，犯不着谨小慎微地草木皆兵。对那些充满分别心的人，真应该在他们顶门上狠砸一锤，使他们彻然开悟，泯灭凡圣之见。

黄庭坚明显和苏轼站在同一条战线上，两人的佛学修为也都不浅，尤其是黄庭坚，他在佛教当中也有一个头衔，即禅宗分支临济宗的传人，宋代的禅宗著录里是有他这一号的。宋代正是一个儒、佛打通的时代，儒家士大夫整天泡在佛经里，和尚们说起儒家经典也一套一套的，双方互相取经，所以宋代理学很近于禅，佛教也吸收了大量的儒家价值观。

而且在佛教各宗各派里，禅宗发生了一个质变：唐代禅宗大讲“不立文字”，到了宋代，事情完全逆转过来，生出了所谓“文字禅”，以解机锋、公案为主，开始大立文字。现在一些心灵鸡汤式的佛教庸俗读物往往搞不清这个区别，一边附会机锋、公案，一边鼓吹不立文字，明明自相矛盾，还要说这矛盾就是禅意。

黄庭坚一身而兼跨儒、佛两家，这两首词既是与高僧们在佛法上的一次交锋，又大有词学上的含义：我们给歌伎写《十八摸》怎么了！海阔天空，胸中更无纤芥，凭什么我们要下地狱！

黄庭坚很有点反戈一击的意思，但自己的想法也不是一成不变的。他编辑晏几道的词集，读晏词而大有感慨，说词虽然只是街头巷尾的流行歌曲，但晏几道写词用上了诗笔，这便化俗为雅了。黄庭坚由此想到自己当年填的那些狎俗小调，还挨了大和尚的一顿训斥，看来人家说得没错，填词还得是晏几道这样的才对路。——但这也不能说黄庭坚改弦更张了，因为他只是在诗艺上到达了一个崭新悟境，价值观并没有发生变化。

出儒入禅，左右逢源。人们说唐诗讲情趣，宋诗讲理趣，这理趣之“理”很大一部分就是佛理。这也难怪，儒家是现实主义、实用主义的，而诗歌与宗教的终点却都是终极关怀，所以这两者更能产生共鸣。我们看苏轼和黄庭坚这三首《南歌子》，代表着宋代诗词的一个类型，句句都是佛典、佛理，外行人还真摸不着头脑，所以这一类的诗词很难流行。但这并不说明它们不好，所谓“饥者歌其食，劳者歌其事”，那么“读书人歌其书，念佛人歌其佛”又有什么错呢？如果你也是和黄庭坚一样的读书人、念佛人，读起他的诗词来就根本不会觉得有一点障碍，反而一下子便会被其中的丰富内涵吸引住。现代人往往不喜欢用典过多的古诗，单单不喜欢倒也罢了，但因此而说这些诗不好、没有直抒胸臆，这就没道理了。

宋代文人，佛学修养高的不在少数，以诗词证佛道也是很常见的，就连秦观那首《踏莎行 · 郴州旅舍》从佛家悟道的角度讲也是有一解的。而佛门这边，禅宗大搞开悟诗，这东西就像毕业论文，和尚在禅寺里修行了多少多少年，进境大有提高，这就要写这么一篇论文证明自己已经悟道了。现在我们总把禅宗想象得很超脱，强调那种如人饮水、冷暖自知的道理，刹那之悟道只在自心，不足与外人道，但和尚毕竟也是人，寺院毕竟也是一种社会，和尚如果想要出门开坛，就得先通过论文答辩，毕了业才能外出讨生活。

表面上看，论文并不难写，一篇七绝就够了，二十八个字而已，但难就难在禅宗的悟道是一种说不清、道不明的神秘体验。没有客观标准，考试自然就做不到标准化，所以论文能不能通过全听大和尚的一句话，其结果至少在我们外人看来就是：说你行你就行，不行也行；说不行就不行，行也不行。

大和尚里边有性子好的，论文就容易过，可遇到不通人情的，论文可能多少年也通不过。但无论如何，这种方式催生了大量的禅诗，虽然和尚们并不追求诗艺，但写的人多了便总有一些出色的作品。

儒生念佛，和尚写诗，双方越来越有共同语言，诗词也开始讲究悟境和禅理之趣了。黄庭坚，既是大诗人，又位列禅宗谱系，写起这类作品自然是最精通的，现在要讲的这首《诉衷情》也是一首颂佛的小词。

这首词的背后是一个极有禅意的故事：唐朝有一位法号德诚的和尚，去找当时的禅宗大德药山惟俨学法。一见面，惟俨问道："你叫什么呀？"德诚如实回答："我叫德诚。"——禅师的问答里满是打埋伏、下绊子，正常对话持续不了多久。果然，惟俨下一句就是："德诚又成得个什么？"这是利用谐音，开始考较对方了，德诚也换了口气："家园丧尽浑无论。"——从这个回答来看，德诚的意思应该是说自己并无所求，但用诗体回答不一定是为了营造意境，恐怕更是因为诗无达诂，话说得越含糊就越不容易被别人抓到破绽，这招现在都被领导们学去了。

惟俨得到了这么一个含糊的答案，该怎么继续问话呢？惟俨也避实就虚，唤了一声："德诚！"德诚正要答应，却突然被惟俨把嘴掩住。德诚于是若有所悟。

惟俨这一手，在禅宗确实是有个意义的，即截断言路，使人从本心去悟。惟俨看出了德诚资质奇佳，于是作出了一个预言："你今后将会上无片瓦、下无立锥之地，大大发扬我的宗风。"

这预言非常离奇。上无片瓦、下无立锥之地，这怎么理解都不会是什么好话，至少我们会联想起秦观在处州和横州的遭际，但惟俨下半句又说德诚会大阐宗风，实在让人难以理解。以后我们将会知道，惟俨说的这个上无片瓦、下无立锥之地，并不是比喻，而是写实，德诚和尚将来真的要过这种日子。

惟俨圆寂之后，德诚、云岩与道吾三位高徒随即下山传道，但未来的路到底怎么走，大家还得商量商量。这有点像现在大学毕业生面临择业问题，心里多少总有一点茫然。三个人商量了一下，达成了一个共识：找一处与世隔绝的荒山野岭潜心修行。事情一经决定，三人便睡觉去了，谁知到了半夜，道吾又改主意了，看来高僧们也有这种思前想后的时候，不都是心如止水、潇洒淡定、随缘止歇、随遇而安的。

道吾的顾虑是：如果大家真这样去修行了，本宗恐怕就会后继无人。这倒是一个合理的考虑，三个人又重新商量，第二轮会谈的决议是：道吾和云岩出去传道，德诚去独自修行。

事情这才算真的定了下来，但德诚并没有去什么荒山野岭，却弄了只小船在水面上讨生活，还嘱咐两个师兄弟，如果遇到百年不遇的佛学奇才，千万要介绍到自己这里。

德诚的摆渡生涯开始了，也许当真没人见过和尚卖粽子，但和尚当船夫总是有的。当地人便把德诚称为船子和尚，佛教史上便有了船子德诚这个名号。

摆渡倒也符合佛门的一个经典比喻：佛法度人，就是要把人从此岸世界度到彼岸世界；这也应验了药山惟俨的那则预言，德诚终于过起了上无片瓦、下无立锥之地的生活。但大阐宗风真不知道要等到什么时候，日复一日，德诚度的人也不少了，却没遇到一个资质好的人，难免生出了“金鳞罕遇”的感叹。

德诚在这边望眼欲穿，云岩与道吾在那边也没闲着。道吾和夹山善会有过一番交锋，觉得此人恐怕就是德诚期待的那尾金鳞了，便把善会介绍了去。善会见到了德诚，这便生出了禅宗史上极其著名的一段机锋对答。

德诚问道：“大德住什么寺？”这是一句普通的问话，善会却像药山惟俨一样搞起谐音来了，“寺即不住，住即不似。”这个意思是说修行佛法不着痕迹、不拘泥于一寺一庙之宗风。德诚又问：“不似，似个什么？”善会答：“不是目前法。”德诚问：“甚处学得来？”善会答道：“非耳目之所到。”——善会这里已经很好地做到避实就虚了，讲出了禅意要靠自心体悟，不是感观和理性能弄清的，但德诚显然还有意见，说道：“一句合头语，万劫系驴橛。”这是说禅意既然不是耳目能体认的，善会你怎么却用语言来论断了呢！

没等善会回答，德诚又问：“垂丝千尺，意在深潭，离钩三寸，子何不道！”这是对善会说：你距离终极真理只有一步之遥了，为什么不说出来呢？善会正要回答，德诚抡起撑船的桡子，一下便把善会打到水里去了。善会可能还纳闷呢：不对呀，还没问我是吃板刀面还是吃馄饨呢？！

求生的本能此刻压倒了一切，善会拼命地往船上爬，可每次才要爬上来，马上便被德诚打了回去，德诚还边打边喊：“道！道！”

生死关头，所有的语言、逻辑、佛法，全被善会忘得一干二净，就在这个时候，善会胸中豁然开朗，一下子领悟到了禅的真谛。

古人之风，山高水长，不过也成了广陵绝响，现在再没有人用这种方法来接引学人了。当时人们的思想比较理想主义，参禅念佛多是为了解脱轮回、直奔终极真理，现代人则现实得多，请个开光的佛像保佑自己合家平安、升官发财，全然不考虑这正好比求马克思保佑实现资本主义。

回味船子德诚接引夹山善会的说辞，有一句话至关重要，即“垂丝千尺，意在深潭，离钩三寸，子何不道”。这句话语带双关，一是德诚以钓鱼人自比，要钓的就是善会这条大鱼，善会资质佳、功底好，好比一壶水已经烧到了九十九度，就差最后那一把柴了；二是把善会比作钓鱼人，把悟境比作鱼，说善会垂丝千尺，工夫下得够大了，只差那最后三寸。

如果禅宗当真不立文字，这件事我们今天也就不会知道了。除了灯录的记载之外，船子德诚还给我们留下了三十九首《拨棹歌》，写得率性洒脱、天真烂漫，历元、明、清三代都很流行。其中最著名的一首就是写接引善会这段事：

千尺丝纶直下垂，一波才动万波随，
夜静水寒鱼不食，满船空载月明归。

钓鱼人是参禅者，鱼儿便是禅境，鱼线垂了千尺，可见禅境之难寻难觅。一波才动，字面上是说水波，暗地里是说心念的波动，钓鱼如果钓得着急，心念躁动，这一动之下便有千万个念头源源不断，鱼儿就更难上钩了。鱼儿不上钩，其实也没关系，不上钩就不上钩吧，不必强求，夜静心也静，还是回家算了，小船上空空如也，一条鱼也没有，却有皎洁的月色普照大地，也照在了我的船上。在这样的月色下，我与船、船与天地，全都融为了一体，无挂无碍，无牵无绊，虽然还是一只空船，鱼儿却已经上钩了。

这是何等幽远的禅境啊，单是想一想就很陶醉了。黄庭坚大概很想把这首诗唱出来，于是把它打散之后重新组装，就变成了这首《诉衷情》。改编版把“一波才动万波随”放在了全词之首，凸显出这句话的独特意境。

它告诉了我们一个很朴素的生活哲理：幸福来自于内心，来自于内心的平和，当欲望带来的烦恼在你的心中投下了一枚石子，一环水波泛起便会带起无穷无尽的水波，许久不能停息。你的心被这些杂乱的水波缠绕，不但惊走了鱼儿，也搅碎了月光。那我们应该怎样做呢？很简单：应该保持心灵的澄明淡定，不许一波生起，自然就不会有那万波相随，就不会让心灵被那无尽的思虑缠绕住、束缚住，这就是禅宗自在解脱的状态。内心和谐了，社会也就和谐了。我们改变不了社会，但可以改变自己的内心。

黄庭坚深明个中真谛，自己还要更上层楼：重新组装，毕竟延续着人家原有的意境，而黄庭坚还曾亲到船子德诚摆渡的地方，填了一首《渔家傲》，阐述自家的崭新悟境：

荡漾生涯身已老，短蓑箬笠扁舟小。深入水云人不到。吟复笑。一轮明月长相照。

谁谓阿师来问道，一桡直与传心要。船子踏翻才是了。波渺渺。长鲸万古无人钓。

人在何处？“深入水云人不到”；鱼在哪里？“长鲸万古无人钓”。鲤鱼能钓，鲸鱼是钓不起来的。《诉衷情》与《渔家傲》，纳兰容若说这两首词是宋词中最见禅趣的两首。容若既是一代词宗，佛学修为也不浅，这么讲自有他的眼界。至于船子德诚摆渡和钓鱼的地点，历代常常被人凭吊，现在还有一点点遗迹可寻，就在上海金山区朱泾镇。如果你想看看船子和尚的钓滩，到朱泾镇找西林中学就行。也许你在那里只能看到中学生们在做体操，但那确实就是船子和尚留下传奇的地方，也是黄庭坚这首《渔家傲》的写作之地。

5 古今如梦，何曾梦觉，但有旧欢新怨

彭城夜宿燕子楼，梦盼盼，因作此词。

——苏轼《永遇乐》

明月如霜，好风如水，
清景无限。曲港跳鱼，
圆荷泻露，寂寞无人见。
紞如三鼓，铿然一叶，
黯黯梦云惊断。
夜茫茫，
重寻无处，
觉来小园行遍。

天涯倦客，山中归路，望断故园心眼。
燕子楼空，佳人何在，空锁楼中燕。
古今如梦，何曾梦觉，但有旧欢新怨。
异时对、黄楼夜景，为余浩叹。

【词人小传】苏轼（1037—1101），字子瞻，号东坡居士，眉州眉山（今属四川）人，与其父苏洵、其弟苏辙合称“三苏”，同在“唐宋八大家”之列。苏轼在嘉祐二年（1057）以极优的成绩考中进士，一生任职很多，官场最得意时几乎做到宰相，

最落魄时几乎掉了脑袋，治理过风景如画的杭州，也被贬到过国之最南的海南岛，卒于常州，被追谥为文忠。

在宋代党争中，苏轼是旧党的灵魂人物，因此而成为新党的眼中钉，屡遭迫害，而在旧党之中，他也较多地坚持己见，做事很少会从党派角度出发，所以经常也不大招旧党的待见。

苏轼博学多才，诗、词、文章、书法都是时代之翘楚，更是学术宗师，是宋代蜀学的掌门人。虽然在当时人们更看重的是学术水平和政治能力，但现在人们谈到苏轼，往往只把他当做一个文人。对于词，苏轼走出了以诗为词、以文章为词的一路，开豪放一派，是北宋词坛重镇，但在当时，人们还很难接受苏轼这种词风，毕竟天才总是领先于时代的。苏轼的词作辑为《东坡词》。

苏轼曾经做过一段徐州市长，任期虽然不长，做的事的确不少：大到领导抗洪救灾，小到发明东坡肉，让人们受惠至今。

苏轼写这首词，是在抗洪救灾之后，灾难过去了，人心平复了，徐州人民正忙着对苏市长、儒家学派和赵宋政府感恩戴德，苏轼却动极而静，到徐州一处叫做燕子楼的名胜里悄悄地住了一晚。

这一晚，苏轼梦到了燕子楼里的一位古人，她是一位唐朝的歌女，姓关名盼盼，曾经在这座楼里住过很多很多年。梦的具体内容是什么，苏轼并没有讲，但暗示了一句“黯黯梦云惊断”。“梦云”是说男女两情相悦，出处在宋玉的《高唐赋》。晏几道词里有“楼上灯深欲闭门，梦云散处不留痕”，就是这个用法。纳兰容若在这里特意点出苏轼的“梦云”是虚实两用，一语双关，既说自己真在做梦，又暗示着这个梦与男女情事有关。

梦云被惊断之后，转入实笔，说自己醒后心情黯然，深更半夜地就起来在院子里乱转，好像在寻找着什么往事。

徐州古称彭城，其地为南北枢钥，故事自然很多。虽然多数故事都是和杀人放火有关的，而流传最广的却是在这座燕子楼里发生的一段爱情。

那是在唐玄宗天宝年间，张建封管辖徐州。这位张大人风雅得很，既乐于结交文人雅士，又对文艺界情有独钟，喜欢把其中出色当行的人物收到自己家里。但张建封的收罗有一个严格的标准：无论歌伎还是舞女，都得有相当程度的文化水平才行。我们看到这里，有必要联系起一句老话“女子无才便是德”——在古代社会，对倡伎才会有多才多艺的要求，而多才多艺的女了也往往都是倡伎，良家女子如果也多才多艺，实在是需要一点勇气的。如果你去古人家里串门，夸人家女儿很有才，主人是会生气的。

另一方面，所谓逼良为倡并不是那么容易的。吹拉弹唱、琴棋书画，这都不是一朝一夕的工夫，已经长大成人的良家女子要想从头学起，真等学会了也就到了老大嫁做商人妇的年纪，而如果不学，那就只能靠身体吃饭了，也就只能满足低消费水平群体的需要，不可能入得张建封这样的达官显贵们的法眼。所以，妓女是为底层人民服务的，演艺明星是为上流社会服务的，这是古代社会的常例。

徐州当时最红的演艺明星就是关盼盼，她顺理成章地成了张大人的禁脔。张建封把燕子楼给盼盼住，盼盼从此便由演艺明星变成了豪华别墅里的二奶，从服务大众变成了服务专人。一些淳朴的现代人可能一下子便会生出同情心来，殊不知这在当时已经是一名歌伎所能得到的最好的归宿了，同行们羡慕还来不及呢。

这一天，张家来了一位客人，宾主相谈甚欢，张建封趁着酒性拿出了自家的镇宅之宝：关盼盼。盼盼的一番歌舞，让这位客人看得心荡神驰，写诗来形容盼盼如同微风中的一朵牡丹，袅娜多姿。关盼盼一经品题，身价百倍，因为这位客人就是大诗人白居易。

白家与张家素有渊源，白居易的父亲也曾在徐州做官，张建封就是白父的老部下。但白居易一离开徐州，张建封很快便去世了，盼盼也不知下落，直到十年之后，一位叫张仲素的朋友带来了三首诗：

楼上残灯伴晓霜，独眠人起合欢床。
相思一夜情多少，地角天涯不是长。

北邙松柏锁愁烟，燕子楼中思悄然。
自埋剑履歌尘散，红袖香销一十年。

适看鸿雁岳阳回，又睹玄禽逼社来。
瑶瑟玉箫无意绪，任从蛛网任从灰。

诗中是一个女子的口吻，说的是小楼独居，双人床上如今只有一个人睡，自从男人死后已经十年，人鬼殊途而相思不绝。诗写得情真意挚、苍凉感人。白居易看到诗中有“燕子楼”三字，恍惚间记起十年前在徐州的那段经历，张建封、关盼盼，这久违的名字再上心头。

白居易忙问这诗的来历，才知道正是盼盼所作。在张建封死后，张家人扶着灵柩归葬北邙山，盼盼从此便把自己封闭在燕子楼里，过着足不出户的日子，一转眼就是十年。这十年间，慕盼盼之才名、艳名而来的人着实不少，但盼盼始终惦记着张建封的情义，再不肯与人一见，偶有作答，也只是以诗名志而已。这些诗累积起来已经有三百多首了，白居易看到的这三首便是其中的只言片语。

十年前的那场欢宴再现眼前，张建封的儒雅和关盼盼的美丽曾是那么地珠联璧合，徐州的日子曾经是那么地美满快乐，谁知道转眼之间便物是人非，而盼盼死守着当年的一段情义，十年三千六百日，要多么坚强才能够捱得过来！白居易感慨万千，步盼盼的原韵和了三首：

满窗明月满帘霜，被冷灯残拂卧床。
燕子楼中霜月夜，秋来只为一人长。

钿晕罗衫色似烟，几回欲著即潸然。
自从不舞霓裳曲，叠在空箱十一年。

今春有客洛阳回，曾到尚书墓上来。
见说白杨堪作柱，争教红粉不成灰。

尤其是第三首的最后两句："见说白杨堪作柱，争教红粉不成灰"，张建封坟墓上的杨树已经从当初的小树苗长成柱子一般高大了，在这无情岁月的冲刷下，当年的绝色今又如何？

弹指间白杨作柱、红粉成灰，时间过得那样快，除了沧桑，什么都是留不住的。

事情并未到此结束。白居易的三首诗传到了盼盼手里，让盼盼欷歔万千，但是，当把这三首诗看完之后，盼盼却发现后边还附着一首七绝：

黄金不惜买蛾眉，拣得如花三四枝。
歌舞教成心力尽，一朝身去不相随。

盼盼看得容颜大变！这首诗是说：当年张建封不惜重金买得绝色女子，尽心尽力地教她们歌舞技艺，但身死之后，那些受张公大恩的歌舞伎却没有一人追随张公而去。人情世态，可为一叹。

这首诗，盼盼边看边哭，边哭边看，最后说道："我并不是不肯追随张公，只是生怕在我以死殉情之后，世人会因此而批评张公重色。张公若有从死之妾，恐怕清誉受损。"继而步韵一首，作答白居易：

自守空房敛恨眉，形同春后牡丹枝。

舍人不会人深意，讶道泉台不去随。

诗中说十年来自己独守空房，愁眉紧锁，当年白居易写诗形容自己如若风中牡丹，而今春去也，牡丹早已凋零，只是心中深意无人会得，不免叹息。又写一联："儿童不识冲天物，漫把青泥污雪毫"，笑白居易以小人之心度君子之腹，自此悲哀不食，十多天后便当真追随张建封而去了。

燕子楼前缘后事，说来令人无限叹惋。时移世异，苏轼在这燕子楼上梦见前代佳人，又生出一番感慨。苏轼的这首《永遇乐》，上片写实，说如今的燕子楼上明月如霜，好风如水，院子里有曲港跳鱼，圆荷泻露，这样清幽的景致却是那样地寂寞，当年这里的主与客早已经看不到这些了。三更时分，骤然惊醒，还记得梦中盼盼的出现，于是披衣起身，恍恍惚惚地在园中寻觅，不知不觉中已经把园子走了个遍。

下片笔锋一转，以一句"燕子楼空，佳人何在，空锁楼中燕"慨叹古今沧桑。这一句实在是以燕子楼的故事来追问人生的意义：楼址依旧在，燕子年年飞，而当年的那些风流人物又到哪里去了，他们的恩恩怨怨又到哪里去了？下一句把感叹推进了一步：古往今来，世事如梦，我们从不曾从梦中醒觉，却在梦中斤斤计较于小恩小怨。点题之笔在最后一句："异时对、黄楼夜景，为余浩叹"，黄楼，这是苏轼在平治徐州水灾之后修建的一座高楼，铺以黄泥，取的是"以土克水"的意思。所谓为官一任、造福一方，抗洪是苏轼在徐州任上最大的政绩，黄楼可以说

东坡诗词在整体风格上是大漠长天挥洒自如的，内容上则多指向仕宦人生或抒发政治豪情。但在乌台诗案之后，其作品却少有致君尧舜的豪放超逸，越来越多的则是转向大自然、转向人生体悟，“归去”情结隐隐贯穿其中。至于晚年谪居岭南，其淡泊旷达的心境就更加显露出来。他“讽刺的苛酷，笔锋的尖锐，以及紧张与愤怒，全已消失，代之而出现的，则是一种光辉温暖、亲切宽和的识谐。醇甜而成熟，透彻而深入。”

是苏轼人生履历表上的一座丰碑，千百年后有人游徐州、登黄楼，也会想见苏轼当年的一番作为。但是，洪水过去了，黄楼落成了，庆典结束了，苏轼却从燕子楼想到了黄楼，从张建封和关盼盼想到了自己，想到多年之后有人游徐州、登黄楼，面对着和今天一样的夜景，是不是也会生起和自己今夜一般的浩叹呢?

苏轼填词，向来境界远大，不是儿女情长的那种，即便写燕子楼这样一个爱情题材，最后也会归结到人生哲学上去，这是他和其他词人最大的不同。比如柳永，刚写完“渐霜风凄紧、关河冷落、残照当楼”，气象宏大，不减唐人佳处，但紧接着便又回到“执手相看泪眼，竟无语凝噎”了；再如秦观，刚有了“瘴雨过，海棠晴，春色又添多少”，转而便感慨“醉乡广大人间小”；而苏轼的词，总有一种常人学不来的豁达。

这首词里表现的，是一种庄子式的情怀：在无限的时间与空间的参照下，一切丰功伟绩、是非恩怨，都是微不足道的。但这其实只是一种绝不能用同一律检验的理论，人生得意时可以拿它戒骄，失意时可以拿它戒躁，但如果是领导给你安排工作，你觉得在无限的时空尺度下，干与不干一个样，干好干坏一个样，领导就该觉得在同样无限的时空尺度下，留着你还是开了你，也是一样的了。

中国一直缺乏信仰传统，所以士大夫们的精神归宿问题如果在儒家范畴里得不到妥善解决，就要么去找佛教，要么去找老庄。但士大夫眼里的佛与道并不是信仰意义上的佛教与道教，也就是说，对于他们来说，精神问题往往不是从信仰上解决，而是从态度上解决，正如于丹教授的名言：“每个人的一生都难免有缺憾和不如意，也许我们无力改变这个事实，而我们可以改变的是看待这些事情的态度。”

儒家的解决方案主要是浮士德式的，尽量在事功之中享受人生的美好，这方面如果没了希望，那就靠优良的心理素质给自己找平衡，也就是“改变的是看待这些事情的态度”。但说归说，真要做到谈何容易！如果你因为交不起住院押金，老婆孩子被白衣天使们扔到了大街上，你能在多大程度上靠“改变态度”来解决这个“缺憾和不如意”呢？——这实在很难，决不是多数人能做到的，那么，依靠佛老又能解决多少呢？

佛老毕竟也不是西方式的宗教。如果信了基督教，信徒们便会认为人生如过客，天国才是永恒而美满的归宿，而为了拿到进入天国的门票，就有必要在凡尘中做个好人，就算遇到了挫折和不公，也相信忍一忍就能过去，或者认为这是天主对自己的考验。有了这种心态，人生也就有了终极目标，人世上的困难和挫折相对于永恒的天国来说便也不值一提了。

中国人没有这种信仰体系，我们再看“异时对、黄楼夜景，为余浩叹”，虽然进了老庄之境，但还是一种唯物主义式的精神方案：没有神，也没有天国，只是把参照系从常人眼中的一时一地、一生一世换作了无限的时空而已。回到住院问题，你就可以这么想：人活着就是等死，在四十六亿年的地球历史中，人的一生实在微不足道，再说了，地球离了谁都照样转。这样一想，也许（仅仅是也许）会觉得宽慰一些吧？

文学就是文学，不能较真，也尽量不要把文学境界当做人生指南。徐州燕子楼，是别人的人生，是我们的历史，如果站在历史的角度，其中的真真假假也不是那么容易辨清的。

现在大家去徐州，还能看到燕子楼，不过这已经是现代新建的了。这是一座二层小楼，白墙黑瓦，翘着典型的南方飞檐，楼前临水，楼后是雄伟的现代高楼。小楼现在是燕子楼公园里的一景，旁边有花有水，有游船码头，有儿童乐园，虽然环境变迁了很多，但也可以从中管窥唐代省部级官员二奶的住房标准。

黄楼现在也能看到，当然也是新建的。新楼见不到黄土，但远望之下确实是黄色的，原因是铺了黄色琉璃瓦。苏轼当年要真敢这么盖楼，早就被判谋反了。中国是个礼仪之邦，颜色是有严格等级的，民间用黄色琉璃瓦的虽然也有，但那都是表示特别的尊崇，比如孔庙就是。新修的燕子楼是用黑瓦，这是唐代民房的标准。

说到黄楼，苏轼每到一地，总得弄出个什么建筑物来。黄楼和苏堤不同，没有什么实际功用，只是一块丰碑而已。当时的文化名流们纷纷给黄楼吟诗作赋，赞美苏轼的治水之功。苏轼虽然豁达，却也好名，虽然想到“异时对、黄楼夜景，为余浩叹”，但还是很希望后人能够记住自己的。苏轼的事迹告诉我们的生活哲理是：做好事不一定非要低调；既要好好干，又要好好炒；光说不练是嘴把式，光练不说是傻把式。

还有两个问题要在最后交代一下：一是关盼盼那三首诗，一说是张仲素写的，《全唐诗》两说并存，把同样的三首诗分别归在两个人的名下；二是故事的主人公一说不是张建封，而是他的儿子张愔，此事至今也没有定论。

拣尽寒枝不肯栖

——苏轼《卜算子·黄州定慧院寓居作》

缺月挂疏桐，
漏断人初静。
时见幽人独往来，
缥缈孤鸿影。

惊起却回头，
有恨无人省。
拣尽寒枝不肯栖，
寂寞沙洲冷。

这是苏轼被贬黄州时的作品，那时他暂住在定慧院寓所，彻夜无眠。上片是说铜壶滴漏的声音已经听不到了，夜已不知道多深，一弯月亮挂在稀疏的梧桐枝头。天地空寂，什么动静都没有，只有幽居的人独来独往，如同失群的大雁。下片专写大雁，说大雁受了惊，蓦然回头张望，心中的愁绪没人懂得，把高高的树枝挑了个遍却终于不肯落脚，只在寂寞而清冷的沙洲上歇宿。

这首词写得空灵而含蓄，黄庭坚曾说：

如果不是胸中有万卷书、笔下无半点俗气的不食人间烟火的人，还有谁能写出这样的作品来呢？——的确，越读这首词，就越能体会到黄庭坚的意思，但是，苏轼的初衷可能真就是为俗事而发的，这事还俗得不能再俗：爱情。

宋人理解这首《卜算子》，解出过很深刻的意思，但也有人亲到黄州，访问故老，竟然问出了这首小词背后的一段故事：这是为一位姓王的女子而作的。这位八卦高手还作了一首诗以为凭记：

空江月明鱼龙眠，月中孤鸿影翩翩。
有人清吟立江边，葛巾藜杖眼窥天。
夜冷月堕幽虫泣，鸿影翘沙衣露湿。
仙人采诗作步虚，玉皇饮之碧琳腴。

这首诗于是可以作为苏词的注解。“缺月挂疏桐，漏断人初静”点明时间；“幽人独往来”说的正是“有人清吟立江边，葛巾藜杖眼窥天”，这个人自然就是苏轼；“缥缈孤鸿影”是指那位王姑娘。整首词串起来一看，正是幽独的苏轼思念着缥缈的王姑娘。

八卦如果只是八到这里，实在缺乏职业精神，细节还一点都没有呢。填充细节的工作自然也有人在做，故事于是便成为这样的：

苏轼在贬谪黄州的时候，并没有借酒浇愁、自暴自弃，天天还是照常读书。邻居家有个女生，也天天隔着墙听苏轼读书。这首先暴露了苏轼当时居住环境的恶劣：小小犯官住不得高墙深院，连读书声都会被邻居家听到，更别提其他声音了。

人总是容易对不了解的东西充满敬畏之心，当时的女子是很少读书的，善于读书的男性在她们眼里也许具有一种神奇的魅力，甚至会因此而性感。这个小女生一天天地听着苏轼读书的声音，渐渐沉迷了进去。

她正在情窦初开的年纪，家里要给她定亲事了，但她在父母之命、媒妁之言的社会里大胆提出了自己的择婿观：要嫁就嫁个读书读到苏轼那种水平的人！

这实在是给父母出难题！要论读书，天下间有几个能超过苏轼呢？所以这句话实际是说：非苏轼不嫁！

但这个理想显然并不现实，于是“非苏轼不嫁”也就只能变成独身以终老乃至郁郁而终，一个花季少女就这样惨死在苏轼的魅力之下，并为“书中自有颜如玉”这句老话下了一个凄美的注脚。苏轼为了这位痴情的女子写下了这首《卜算子》，成就了一曲千古的爱情挽歌。对于这样一段未能接受的爱情，苏轼每次想起时都不会是快乐的。如果当时两人都是单身，事情会有一个美满的结局吗？如果某个读书的夜晚，苏轼看到了墙头那边的她，又会说些什么呢？这样的对望只能含着苦涩，也许他会告诉她：“我现在很幸福”，他一定是伪装的。如果只能够跟她远远对望，而不是共同生活，那怎么会幸福呢？告诉她很幸福，只是不想让她知道他其实很伤心。

故事告一段落，现在，请容许我在唧唧歪歪的抒情之后再以人生导师的口吻忠告那些不好好学习的男生们：读书是一件很酷的事哟！同时也忠告那些早恋的女生们：在感情问题上多听听家长的话还是有好处的。

这个故事虽然感人，但也有一个疑点：如果王姑娘是苏轼在黄州的邻居，而苏轼这首《卜算子》又写于黄州，那么，王姑娘从夜听读书到郁郁而死的过程有点过于短促了。也许正是因为这个原因，故事又有了另外的版本：场景不是在黄州，而是在苏轼的家乡，那时候的苏轼勤学苦读，常在夜间读书。房间的隔音效果照旧是不好的，邻家的一位富家小姐迷上了苏轼读书的声音，迷上了苏轼这个人。火热的爱情冲破了牢固的礼教，终于有一天夜里，这女子竟然出来找苏轼了。

这是宋朝，蒲松龄的《聊斋志异》还没有出现，少年苏轼面对一位会被后人疑似为狐狸精的女子坚决地捍卫了礼教，抵制住了诱惑。在苏轼的正确荣辱观面前，少女并没有作出更加越轨的事情，但人非草木、孰能无情，苏轼虽然拒之以礼，却也恋之以情，两人于是约定，等苏轼考中了功名，再回家来明媒正娶。

思念虽然痛苦，希望却是甜蜜的，况且以苏轼的水平，科举及第并不是什么难事。日子一天天过去，希望在一天天缩短着距离，苏轼考中了，但正如许许多多同类的故事一样，中举后的苏轼抛弃了过去的海誓山盟，另外娶了妻室。

又过了很多年，苏轼想起了那段少年风流事，便去打听这位小姐后来究竟许配了何人，答案是残酷的：她死守着诺言，不嫁而死。

思念是会死人的，也会用消瘦来折磨人。狗不会瘦，因为它不会思念。人会瘦，因为他思念着别人。人总是被思念折磨，在思念里做一头可怜的流浪狗。富家小姐在思念里死去，苏轼在思念里做了一头可怜的流浪狗。思念与愧疚一并需要排遣，于是便有了这首《卜算子》。所谓“幽人独往来，缥缈孤鸿影”，说的正是当年那少女的夜投；“拣尽寒枝不肯栖，寂寞沙洲冷”说的是那少女挑来拣去也不肯嫁人，终于孤独而死。

从这个故事可以炮制出来的心灵鸡汤是：住房条件差未必就是坏事，如果苏轼住在豪宅里，邻家女就不可能听到他的读书声了，我们现代人追求内心的和谐，大可不必为房价太高而忧心。

但是，也有人认为这首词与爱情无关，主旨是政治讽喻。苏轼在黄州时正处在政治生涯的低谷，于是“缺月”是讥刺时局不明，“漏断”是说世道太黑了，“幽人”是感叹自己的不得志，“独往来”是孤单无助之意，“惊鸿”比喻贤人不安，“回头”比喻对君主的留恋，“无人省”

是说皇帝看不懂自己的赤胆忠心，“拣尽寒枝不肯栖”是说自己不肯偷安于高位，“寂寞沙洲冷”是说黄州小地方不是自己应该待的。

看到这样的解释，我们会以为又遇到红学家了，但是，这样逐字逐句地索隐未必真有所据，而政治讽喻与托物咏怀的主旨极有可能是当真存在的。即便这真是一首爱情诗，当它脱离作者之后也含有了远比爱情意象更为丰富的内涵。我们如果只从字面出发，就会读出这样的意思：梧桐树上挂着一弯残缺的月亮，滴漏悄无声息，夜已深了，只有一个幽独的人自来自去，身影缥缈不清，如同失群的大雁。这大雁受了惊，回头张望，心中的恨意无人能够领会，飞过了一个个的高枝却都不是落脚的地方，终于在清冷而寂寞的沙洲上歇宿下来。

这样的句子，是咏怀，也是伤怀，正合作者迁客骚人的境况。

在此之前，苏轼因为乌台诗案大受摧折，受审入狱，几乎丧命，最后被贬黄州，郁闷之情每每诉之诗词，比如另一首名作《西江月·黄州中秋》：

世事一场大梦，人生几度秋凉。夜来风叶已鸣廊，看取眉头鬓上。

酒贱常愁客少，月明多被云妨。中秋谁与共孤光，把酒凄然北望。

纳兰容若正是以这首词中的“月明多被云妨”来为《卜算子》定的调子。所谓托物咏怀，“月明多被云妨”无非描写自然界的一个现象，云遮月的天气时时处处都是可能发生的，而天界如此，人间亦然，好人总会被坏人陷害，好事总会被坏人抹黑，这又何尝不是人类社会的常态呢？

从诗歌语言来说，幽人与孤鸿都是有着固定语义的诗歌意象。幽人出自《周易》，是指坚守道德品格的隐者。儒家修身，讲究用之则行、舍之则藏，无论世道的盛衰优劣，被君主所用则兼济天下，不为所用则独善其身，既不趋炎附势，也不同流合污，在最险恶的政治环境里也要怀抱着《离骚》式的高洁。至于鸿雁，天然的特点是成群结队，一旦失群成为孤鸿，抵御危害的能力便大大降低了，如果用俗话来说，就是“龙翔浅水遭虾戏，虎落平阳被犬欺”。孤鸿的意象，最著名的便是唐代崔涂的那首名作《孤雁》:

几行归塞尽，念尔独何之。
暮雨相呼失，寒塘欲下迟。
渚云低暗渡，关月冷相随。
未必逢矰缴，孤飞自可疑。

雁阵飞行，过去了一队又一队，却有一只离群的孤雁不知道要飞往何处。暮雨潇潇，孤雁凄凉地呼唤着早已不见踪影的同伴，飞累了，想下来休息，却因为形单影只而不敢降落寒塘。孤雁穿云逐月，独自抗拒着浓浓的乌云，在艰险的旅途上，只有关塞的月光冷冷地照在它的身上。这一路也许还会遭逢暗箭与罗网，孤独的心里越发充满了疑惧。

在诗歌的语言里，大雁一旦以孤雁的形式出现，往往便包含着上述这些意思。雁的离群尚且如此，人的离群又情何以堪！此时苏轼被贬黄州，无疑也是一种人生的离群。“有恨无人省”，这便是一种深沉的寂寞，大雁不但离群，更无人能够同情这离群之苦。

如果我们抛开具体的一时一事，抛开具体的时代背景，孤雁的主题更有了一种永恒的文学含义：不一定是爱情失意，也不一定是政治失意，甚至连是否失意都不一定，只是离群、孤独，万千心事无法被人理解，有所寄托却前途艰险、希望渺茫，只要是这样的人，就是孤雁。

孤雁能够在哪里歇脚呢？它飞过了一个个高高的树梢，没有留恋，却降落在了低矮而清冷的沙洲上。这本是大雁的天性，它们本不会在树上栖息，而是歇宿在水滨的芦苇荡里，但苏轼这里赋予了这个天性以主观选择的特色，如容若所说一个“拣”字最是传神：孤雁飞过了树梢，像是在为自己挑选宿处，一枝枝看下来，都不是适合自己的地方，最终却离开了高枝，落在了低矮而清冷的沙洲。这沙洲也许就是政治生涯低谷中的黄州小城，也许是任何一个不知名的地方，甚至只是自己心中的一处居所，但这一次的栖息并不是听天由命的结果，而是来自于自己心甘情愿的选择。苏轼的选择自然并不是黄州，他只是选择了他的“道”并由此而被谪黄州——“拣尽寒枝不肯栖”的“拣”字，拣的不是一时一地，而是永恒的“道”，是士大夫心中永恒的正道。

黄州，在今天的湖北黄冈，定慧院恐怕是找不到了，不过也没有太多人去找，游客们都去看东坡赤壁了（在那里吟诵“乱石穿空，惊涛裂岸”恐怕是需要一些想象力的）。以豪放词的代表作而论，那首《念奴娇·赤壁怀古》也算名副其实，但若作诗艺上的比较，恐怕这首《卜算子》还要更胜一筹。毕竟具象而明快的作品更容易被人接受，更容易流行，委婉而悠远的作品却需要更多的脑细胞来思考，需要更长的时间来回味，需要更深的沧桑来共鸣。有许多第一流的作品往往并不是被世人传诵的。

7 天涯何处无芳草

——苏轼《蝶恋花》

花褪残红青杏小，
燕子飞时，绿水人家绕。
枝上柳绵吹又少。
天涯何处无芳草？

墙里秋千墙外道，
墙外行人，墙里佳人笑。
笑渐不闻声渐悄。
多情却被无情恼。

宋哲宗亲政，改元绍圣，一朝天子一朝臣，几家欢乐几家愁，政坛大换血毫无悬念地开始了。新党再次得势，当务之急就是把元祐党人清除出中央。

纵观中国政治改革，人事斗争永远是第一位的，这背后有一个根深蒂固的儒家传统：亲贤臣，远小人，这是搞好政治的第一要务。由此推理，政治的好坏主要取决于用人是否得当，所以人们解释政治的好坏往往也从人事方面着眼：如果国家欣欣向荣，那是因为皇帝好、大臣贤；如果国家一团糟，那不是遇到了昏君，就是朝中有了奸臣。就像要问我们现在的很多人为什么会有十年浩劫，他们会说因为有了“四人帮”，而不会从政治体制上理解这个问题。

既然如此，要把不好的政治变成好的政治，主要办法就是把坏人清洗出去，让好人来执政，至于谁好谁坏，区分标准其实很简单：和我一伙的就是好人，和我作对的就是坏人。此时既然新党掌了权，自然会清洗旧党那些坏人。在旧党所有的坏人当中，苏轼显然是最坏的一个。——苏轼也许还算不上真的最坏，但他是坏人堆里最惹眼的。

于是，苏轼开始了新一轮的贬谪生涯，而且是一贬再贬，越贬就离中央越远，一直到了惠州，这已经到了广东了。按照当时的标准，这就是岭南蛮荒之地，不是人呆的地方。

苏轼这一被贬，家庭结构发生了巨大改变：原来蓄养的歌伎们纷纷离去，最后只剩下一个，姓王，名叫朝云。

前文讲过，歌伎是宋代文化生活的一大现象，官员家中普遍蓄养歌伎，自己娱乐之余也用来招待客人。攀比是人类永恒的心理，也是社会进步的一大动力，现在的人会比谁的车更好、房子更大、二奶更多更漂亮，宋朝是要比歌伎的。有朋自远方来，自家的歌伎值得拿出来炫耀，这是一件很有面子的事，比如上文中张尚书把盼盼名人收归己有，再有侍客的机会时，客人如果惊呼一声“您家的歌伎不就是本市的某某明星么”，张尚书心里一定是很得意的。

苏轼对待歌伎，一来不能免俗，二来也有几分自家的感慨。苏轼被贬黄州的时候，虽然无权无势，空发“浪淘尽、千古风流人物”的感慨，但生活还是有滋有味的。黄州的徐市长会邀请一干文人雅士到自家做客，把歌伎拿出来炫耀一番，客人们也很识趣，各挑大指，像苏轼这样的人更要作些诗词才好。徐市长家最出色、也最受宠的歌伎名叫胜之，苏轼写过一首《减字木兰花》专门夸她：

双鬟绿坠，娇眼横波眉黛翠。妙舞蹁跹，掌上身轻意态妍。

曲穷力困，笑倚人旁香喘喷。老大逢欢，昏眼犹能仔细看。

这是说胜之姑娘很漂亮，身材也好，服务态度也很热情，让客人们很兴奋。还有一首同调的词，也是赞美胜之的：

天然宅院，赛了千千并万万。说与贤知，表德元来是胜之。

今来十四，海里猴儿奴子是。要赌休痴，六只骰儿六点儿。

这首词的风格倒很值得一说。大家看起来也许会觉得有些费解，原因很简单：这是用当时的口语和俚语写成的，比如“今来十四，海里猴儿奴子是”，所谓“海里猴儿”就是“好孩儿”的谐音，“奴子”就是少年奴婢，“六只骰儿六点儿”，赌博掷色子掷出这样的点子，叫做“没赛”，近似于现代口语中的“没治了”。

这样的词苏轼可写过不少，到了这家夸这家的歌伎，到了那家夸那家的歌伎，单是徐市长家的歌伎就费了苏轼好多笔墨，这正是词在宋朝的一个主要功能。

时光荏苒，匆匆已是两年之后，徐市长死掉了，苏轼也离开了黄州。在苏轼经过姑熟（在今安徽当涂）的时候，照例到人家做客，主人照例叫出一群歌伎佐酒，苏轼忽然一惊：这些笑逐颜开的歌伎之中，赫然竟有胜之姑娘！

这一刻仿佛时光倒流，一切都和从前一样：一样的歌宴酒会，一样的欢声笑语，胜之也一样地美丽动人，客人也还是苏轼自己，只是原先的主人已经死掉了，这已经是新主人的家里了。

人们为什么经常会感叹物是人非？因为物是不变的，人是多变而易老的，人变的速变对比于物的不变，越发显出沧桑之意。而此时此刻，胜之姑娘在苏轼眼里变成了物，因为她是不变的，旧主人的死并没有在她的脸上增添一丝哀戚，这倒让苏轼抚今追昔，感到无限的哀戚了。于是，苏轼遮着脸，不愿和胜之照面，甚至号啕大哭起来，而胜之呢，见旧相识在这个听歌看舞的场合却大哭起来，不由得放声大笑。这件事对苏轼的触动很大，他后来写下了一首《西江月》，这回再没有了口语化的幽默和游戏花丛的谐谑：

别梦已随流水，泪巾犹裛香泉。相如依旧是臞仙。人在瑶台阆苑。

花雾萦风缥缈，歌珠滴水清圆。蛾眉新作十分妍。走马归来便面。

胜之虽然是“蛾眉新作十分妍”，苏轼却“走马归来便面”，不忍相见了，从此还常以此事为例，劝人不要蓄养歌伎。

歌伎就是歌伎，毕竟与妻妾不同，一方面是享有的权利不同，一方面承担的义务也相应地不同。歌伎是家奴的身份，可以被家主任意买卖。旧主死了，能有新主收留，继续歌舞佐酒的生涯，其实这又有什么呢？

话说回来，苏轼被贬岭南，歌伎侍妾尽散，到底是苏轼遣散的她们，还是她们自己离开了，不得而知。总之，在宋人的想法中，去岭南生活基本等于找死，既然歌伎侍妾们并不对家庭承担什么义务，另谋出路才是最佳的选择。况且，苏轼一介犯官，也养不起这么多张吃饭的嘴了。

只有王朝云留了下来，陪在苏轼的身旁。朝云姑娘是在十二岁那年被苏轼在杭州任上买下来的，那年苏轼三十七岁。六年之后，朝云被纳为妾，对于歌伎来说这算是很好的归宿了，这行业毕竟是吃青春饭的，真等到年纪大了被遣散，想想也让人伤心。又三年之后，朝云为苏轼生了一个儿子，取名苏遁，小名干儿，苏轼那首著名的《洗儿戏作》就是在干儿满月的洗儿会上写的：

人皆养子望聪明，我被聪明误一生。

惟愿孩子愚且鲁，无灾无难到公卿。

诗中满是自嘲，说自己聪明反被聪明误，希望干儿不要遗传了自己的聪明，笨一些最好，这就可以无灾无难、大吉大利，将来在官场上才能吃得开。当然，苏轼这话不能当真，我就笨得很，可别说什么“无灾无难到公卿”，就连混口饭吃都很不易呢。

苏遁将来有没有达成父亲的期许，我们永远也不会知道了，因为仅仅在一年之后这孩子就夭折了，那时苏轼已经四十九岁，朝云二十三岁。

幸运的是，朝云赶上过苏轼发达的时期，那是元祐年间，苏轼返回京城任翰林学士，当时秦观也在中央做秘书省正字，一次苏轼让朝云向秦观乞词，秦观便写了一首《南歌子》：

霭霭迷春态，溶溶媚晓光。不应容易下巫阳。只恐翰林前世、是襄王。

暂为清歌住，还因春雨忙。瞥然归去断人肠。空使兰台公子、赋高唐。

这首词把朝云比作巫山神女，把苏轼比作楚襄王，又以宋玉自比，说美丽的巫山神女眼光很高，一般人是看不上的，只有那多情的楚襄王才能让她动心，宋玉空吟《高唐赋》，也无法打动神女的芳心。

于是东坡以《南歌子》作答：

云鬓裁新绿，霞衣曳晓红。待歌凝立翠筵中。一朵彩云何事、下巫峰。

趁拍鸾飞镜，回身燕漾空。莫翻红袖过帘栊。怕被杨花勾引、嫁东风。

这是形容朝云之美，如同一朵彩云飞下巫峰。这样诗词唱和的日子，对于士大夫来讲就是人间天堂了。这也是因为朝云的特殊身份，如果有谁对妻子也这般赞美，那就实属离经叛道了。我们现代人理解古典诗词，首先要辨明时代差异才行。

共富贵，共贫贱。苏轼被贬岭南，也曾劝说朝云另觅高枝，但朝云义无反顾地选择了留下。惠州路上，苏轼与朝云、幼子苏过和两名老女仆苍凉而行。

到了惠州，苏轼与朝云一起谈诗论词、参禅悟道，并为朝云写过几篇诗词，其中一首《浣溪沙》颇为有名：

轻汗微微透碧纨，明朝端午浴芳兰。流香涨腻满晴川。
彩线轻缠红玉臂，小符斜挂绿云鬟。佳人相见一千年。

这首小词深为纳兰容若所喜，他还步韵和过一首，词中暗用理学掌故，进入了更为宽广的哲学意境：

戏墨殷勤点素纨，暮云歇处起汀兰。濂溪最美是伊川。
座上有缘随舞袖，心头无碍忆歌鬟。人生憔悴一年年。

闻琴解佩神仙侣，挽断罗衣留不住。在岭南瘴疠之地，温情的生活带上了一些凄楚。绍圣二年秋日的一天，苏轼与朝云闲坐，让朝云拿出酒来，唱《蝶恋花》一词。朝云唱到"枝上柳绵"这句时，不觉流泪，唱不下去了。苏轼问她为什么悲伤，朝云答道："我最怕唱的，是词中的'枝上柳绵吹又少，天涯何处无芳草'啊！"东坡大笑道："我正悲秋，而你又伤春了。"

朝云这一哭，似成谶语，就在第二年的七月，她便因病而死，时年三十四岁。我们回头来看，朝云在唱到“枝上柳绵吹又少，天涯何处无芳草”一句时为何会情不自禁地哭了出来，倒很是让人费解。

词的上片“花褪残红青杏小，燕子飞时，绿水人家绕。枝上柳绵吹又少，天涯何处无芳草”，花儿凋谢了，青杏长出来了，燕子翻飞，绿水环绕人家，柳絮乱飘的日子也快要结束了，天涯哪里没有芳草呢？

从上下文来看，“天涯何处无芳草”，意思正是天涯处处生芳草，当是在说花儿都谢了，只剩下绿草长遍天涯，倒也符合苏轼自己所说的悲秋主题。但这句话通常不被这么解释，比如你失恋了，朋友安慰你说“天涯何处无芳草”，意思是说好伴侣到处都有，没了这个不要紧，还有下一个呢，其他如失业等同理。这就是一种断章取义的理解，完全不顾苏词的上下文，但是，这种断章取义的解释因为更有人生励志的感觉，所以大家也愿意这么来用。

“枝上柳绵吹又少，天涯何处无芳草”，这一句在朝云听起来，似乎更有韶光易逝、美景难再的意味，所以苏轼说她伤春。这一年，苏轼五十九岁，朝云三十三岁，和秦观诗词唱和的快乐转眼便成为回忆，苏遁夭折，岭南偏远，纵然季节轮回，但也许没有命再看到来年的春天了——无论在比喻还是在实际的意思上，这句话都是对的。朝云唱不下去，自有她唱不下去的道理。

但在苏轼那里，“天涯何处无芳草”一句究竟是什么意思，却是很难说清的。《离骚》里边，占卜者劝慰屈原，说过“何所独无芳草兮，尔何怀乎故宇”，意思很明确：哪里没有芳草呢，为什么偏偏留恋你的故国？言下之意便是：此处不留爷，自有留爷处。另一方面，苏轼被一贬再贬，但无论被贬到哪里，此心安处是吾乡，只要自己想得开，哪里的日子都不错，这也是“天涯何处无芳草”的一解。

在后一种意义上，苏轼每到一地，便能发现一地之美。惠州虽然是穷乡僻壤的瘴疠之地，但荔枝好吃得很，于是就有了《惠州一绝》：

罗浮山下四时春，卢桔杨梅次第新。

日啖荔枝三百颗，不辞长作岭南人。

尤其是，苏轼名声太大，即便远在惠州也大受当地人的瞩目，这便有了《十月二日初到惠州》：

仿佛曾游岂梦中，欣然鸡犬识新丰。

吏民惊怪坐何事，父老相携迎此翁。

这样一看，苏轼哪里有一点犯官贬谪的意思，简直就是旅游来了，纵然有一点辛苦，那也是偏往苦中尝的文化苦旅。这些诗词，既是宽慰自己，也是挑衅政敌：你们不是想难为我么，我偏偏活得好！

纳兰容若把苏轼的四句词作过两组并列，一是“此心安处是吾乡”与“此身如传舍，何处是吾乡”，二是“天涯何处无芳草”与“人生何处不巉岩”，容若认为每组中的词句表达的虽然是完全相反的意思，却同时说中了真理。第一组的“此身如传舍，何处是吾乡”说的是客观现实，苏轼总是被一贬再贬，在祖国的五湖四海上到处奔波辗转，“此心安处是吾乡”说的是主观体验，只要心里想得开，五湖四海哪里都是家乡；第二组的“人生何处不巉岩”是客观环境，艰难险阻遍布，总有敌人会排挤你，总有小人会落井下石，领导总也不信任你，朋友也总是和你闹误会，妻子早逝，儿子夭折，兄弟分离，人生好像除了自杀再没有理想选择了；“天涯何处无芳草”是主观世界，只要自己想得开，黄连水也能喝出蜂蜜味来——这种境界，儒家称之为“舍之则藏”，佛老也各有名目，总而言之称它是一种豁达境界，用老百姓的话说，这就是阿Q精神、精神胜利法。

马克思主义告诉我们：物质决定意识。所以精神胜利法也有它的局限，很快，掌握物质的人和操纵精神的人又发生了一次冲突。这一回，苏轼在精神也许胜利依旧，但物质上再次遭受了重创。

骆驼背上的最后一根稻草是这样一句诗：“为报先生春睡美，道人轻打五更钟”，是说和尚们看苏轼睡得太舒服，连钟都打得轻了，生怕吵醒了他。这诗传到京城，新党头子章惇可不干了：好你个苏轼，荣辱观错位呀！不但不思悔改，反倒明目张胆地大享清福，这还了得！章惇一怒之下，把苏轼再往南贬，一直贬到了海南岛，这实在是贬官旅途的极限了。

在这个政治斗争的背景下，再来体味《蝶恋花》的下片：“墙里秋千墙外道，墙外行人，墙里佳人笑。笑渐不闻声渐悄，多情却被无情恼。”字面上是说院墙里边有美女在荡秋千，那笑声牵动了墙外行人的情思，但笑声渐渐听不到了，美女荡完秋千回屋去了，多情的行人徒然惹来了一番烦恼。

这首词上片伤春悲秋，下片描写一场并未谋面的艳遇，像是一首彻彻底底的婉约词，殊不知其中饱含着政治隐喻。苏轼在政治上很想有一番作为，但总是热脸贴了冷屁股，自己空在墙外多情，墙里边的美女却根本无视他这个人的存在。联系苏轼被贬的时候曾申请当面向哲宗皇帝辞行，结果吃了闭门羹这件事，更为这首词增加了几分无奈与悲凉。

重新来看这首《蝶恋花》，如果你不知道它的背景，它就是一首纯粹的伤春悲秋的小令；如果你肯多花一些心思来琢磨，就会从中体会到一些哲理层面的佳境；如果你了解了它的背景，便会感受到作者的苦闷、落寞与强自排解的心情。各个角度都有它的读法，你思考得越多，就越会觉得它耐人寻味，这就是艺术上所谓的深度。

“深度”这个概念常常被人误解，大家以为只有忧国忧民才算深度，事实上艺术的深度与忧国忧民完全无关，它指的是歧义空间的广度。年轻人读诗词，喜欢那些格言警句，这我在前文已经讲过，那些东西作为格言可能是好的，在诗艺角度上却往往是不可取的，原因就是它们太直白、太突兀，既容易破坏诗歌的整体感，又容易毁掉诗歌的歧义空间。当然，简单上口的句子更加容易流传，这也是天下至理。

举个比较近的例子来说明一下好了。金庸小说这些年大有被经典化的趋势，但无论大家怎么折腾，它们只能算是通俗文学里的经典，再怎么也登不了大雅之堂，除非是时间的镀金给之以莎士比亚的待遇。这就像《哈利・波特》和斯蒂芬・金的小说无论再怎么受欢迎，也得不了诺贝尔文学奖。原因到底在哪里呢？通俗文学的一大特征就是简单化——这个简单化和情节的复杂程度无关，情节再怎么曲折复杂，小说也始终是走简单化路线的。最突出的表现是人物塑造。通俗文学的人物塑造要求特征鲜明，尽可能代表某一个类型人群的极至，比如郭靖代表憨厚正直，黄蓉代表聪明刁钻。这就是所谓的脸谱化，比较高明的脸谱化是把不同的脸谱戴在同一个角色的脸上，但问题是，如果脸谱戴得太多，角色的性格就会过于复杂，难于被读者接受，所以同一个角色的脸谱不宜超过两个。典型的例子比如易中天讲的曹操，以前说曹操只有一个脸谱：奸雄，但易中天给了他两个脸谱：可爱的奸雄，人物形象便丰富起来了，“可爱”与“奸雄”的反差也让这个角色身上有了一些内在的冲突，这就是人物塑造中所谓的张力。既然这个讲法很为广大人民群众所接受，背后肯定是有道理的。但我们要想把日瓦戈医生这样的角色脸谱分析出来，这就很难做到了。

于是，在苏轼和朝云的爱情故事里，缘起缘灭，缘浓缘淡，不是他们能够控制的。他们能做到的，是在因缘际会的时候好好地珍惜那短暂的时光。朝云死在最成熟、最美丽的年纪，那她还有什么遗憾呢？有些人注定是等待别人的，有些人注定是被人等待的，朝云幸运地等到了她所等待的人，更加幸运的是，苏轼也是一样的。对于苏轼和朝云来讲，彼此都是不可替代的，因为灵魂深处的美丽和寂寞，总是需要一个人来读懂。人生终于会相继落幕，他们给过彼此的那些眼泪和疼痛，如风飘远。

绍圣三年，岭南瘴疠之地又一次瘴疠流行，死者无数，朝云就是其中之一。在临死时，朝云一直念诵《金刚经》的《六如偈》："一切有为法，如梦幻泡影，如露亦如电，应作如是观"，几年来她陪苏轼一起参禅念佛，也算堪破了生死，洞悉了红尘吧。苏轼把朝云葬在惠州西湖孤山栖禅寺松林中，让她与大圣塔为伴，日日可以听闻钟声梵唱。栖禅寺的和尚还在朝云的坟墓上建了一座亭子，取《六如偈》之语，名为六如亭。

后来苏轼全家北归，惠州的六如亭再也没有亲人的照料。世事浮云苍狗，绍兴年间有贼寇攻陷惠州，把民居官舍焚烧殆尽，整座城里只留下了苏轼故居。不止如此，这些贼寇们还把六如亭修缮一新，烹羊致奠而去。

六如亭和朝云墓也算是古代知识分子的一个旅游点了，题咏很多。现在去惠州还能看到六如亭，当然是翻修的。亭子不大，四柱四角，楹联是清末陈维写的：

从南海来时，经卷药炉，百尺江楼飞柳絮；
自东坡去后，夜灯仙塔，一亭湖月冷梅花。

亭子后边就是朝云墓，墓碑用隶书写着"苏文忠公侍妾王氏朝云之墓"，时间是绍圣三年。亭子和墓都不大，式样也都很简单，如果不知道这些故事，还真没有什么可看的。

家在西南，长作东南别

——苏轼《醉落魄·离京口作》

轻云微月，
二更酒醒船初发。
孤城回望苍烟合。
记得歌时，
不记归时节。

巾偏扇坠滕床滑，
觉来幽梦无人说。
此生飘荡何时歇？
家在西南，
长作东南别。

写这首词的时候，苏轼还算年轻。那是在熙宁七年，苏轼出任杭州通判已经三年了，之所以离开京城在杭州做官，是因为王安石变法，苏轼是个坚定的反对派，在京城是呆不住的。好在杭州是个好地方，繁华富庶、风景秀丽不说，歌伎也好得很，朝云就是在这个任期里被苏轼收归门下的。按宋代规矩，地方官三年一任，期满调任，苏轼在杭州做满三年，要转任密州太守，在离开京城的时候作了这首《醉落魄》。

这首词现代人读起来会觉得别扭，因

为全不押韵。其实苏轼押的是入声韵，而现在普通话里已经没有入声了。大家要是诗词读得多了，对入声就会产生经验上的感觉，也会理解古人诗词用韵绝不是随意为之的。比如前人说唐代张若虚的《春江花月夜》孤篇压全唐，不少年轻人都不理解，究其原因，《春江花月夜》的一大特色就是把排律的音律美发挥到了极至，后来白居易的《长恨歌》《琵琶行》也始终超不过这个水准，但读者如果不通音律，就只能像色盲看彩电一样了。

京口就是现在的镇江，等到南宋，诗词当中会更多地提到这个地方，因为那时候从此北望是一片难收的故土。苏轼时代的京口并没有国仇家恨的含义，苏轼坐着小船，渡江北上，这时候也在思念着他的故国。

诗词当中出现“故国”这个词，很多时候是指故乡。比如待苏轼到了密州之后写过一首《望江南》，正与这首《醉落魄》呼应：

春未老，风细柳斜斜。试上超然台上看，半壕春水一城花，烟雨暗千家。

寒食后，酒醒却咨嗟。休对故人思故国，且将新火试新茶。诗酒趁年华。

所谓“休对故人思故国”，便是不要陷入思乡之情的意思。上片说自己登上超然台，眺望全城，百户千家繁花似锦；下片说酒醒之后有些伤感，这是动了思乡之情了，但还是不要思乡好了，且在新火新茶的时候吟诗纵酒，不负好年华。

劝慰自己不要思乡，是因为自己确实在思乡。思乡是苏轼作品中的一个主题。苏轼是四川眉山人，从二十二岁中了进士，直到六十四岁去世，除了两次奔丧守孝之外，再没有回过故乡。不但如此，苏轼还在全国各地被调来调去、贬来贬去，走遍了大江南北，一辈子只是个浪荡游子，基本上从来没有做过归人。

故土难离，人总是会想家的。苏轼初踏仕途任凤翔府签判的时候，登上宝鸡县的斯飞阁，极目远眺，视线应该是向南的。他在斯飞阁上题诗道：

西南归路远萧条，倚槛魂飞不可招。
野阔牛羊同雁鹜，天长草树接云霄。
昏昏水气浮山麓，泛泛春风弄麦苗。
谁使爱官轻去国，此身无计老渔樵。

“西南归路远萧条”，这是在眺望西南蜀地，老家眉山，按说一个二十出头的小伙子科场得意、初踏仕途，就开始思乡怀远，多少有些显得矫情，但是登楼远眺，看到牛羊、雁鹜、草树、云霄，看到水气弥漫的山麓，看到春风拂弄的麦苗，大自然的野趣与人际关系复杂的官场开始产生了鲜明的对立。这就出现了一道中国古代知识分子心中永恒的选择题：为官还是归隐？

关于这道选择题，有一个著名的故事：唐代一位叫韦丹的刺史和诗僧灵澈交情很好，灵澈在庐山的时候，写了一个组诗来赞美庐山的风景，韦丹读到之后，心驰神往，写了一首《思归寄东林澈上人》诗：

王事纷纷无暇日，浮生冉冉只如云。
已为平子休归计，五老峰前必共闻。

诗中是说官场上实在太忙了，不是人呆的地方，还是学习汉人张衡（字平子）早早下岗，到庐山上享受山风水景的好。

灵澈见到这首诗，答了一首：

年老心闲无外事，麻衣草座亦容身。

相逢尽道休官好，林下何曾见一人？

这是说自己年纪大了，心也闲了，随便什么简陋的环境也能呆得舒服，但韦刺史就不一样了，在官场上吃好喝好玩好，你们这些人一见面就说什么当官累呀、人际关系烦呀、想要辞官归隐呀，好像受了天大的委屈似的，可真正辞官归隐的一个都没见着，纯粹是得了便宜还卖乖。灵澈这一句"相逢尽道休官好，林下何曾见一人"，真是千载以来对公务员们最大的反讽。

但凡事总有例外。宋孝宗时候，刚刚四十多岁的鹿何鹿大人有一天向皇帝递了辞呈，皇帝很不理解："你这年富力强的，为什么主动要求下岗呀？"鹿何回答说："我是个不称职的干部，主动引退，也好给同僚们作个表率。"鹿何辞职之后，在家里修了一座厅堂，匾上写着两个大字："见一"，这座厅堂便叫做见一堂。这名字的出处就是灵澈和尚那句"相逢尽道休官好，林下何曾见一人"，意思是说：我鹿何就是那"一人"。

中国人没有什么真正意义上的宗教信仰，挫折感却不会比西方人更少，尤其是知识分子们，期望值高，所以失望的几率也高，失望之后的心理落差自然也大。那么，要解决由此引发的心理问题，家园之思、山水之想就是主要的办法。

在儒家系统里，这倒是很有理论依据的，所谓用之则行，舍之则藏，才干得以施展的时候要勇往直前，才干得不到施展的时候要退藏于密，而在心态上，无论用之还是舍之，都要做到无怨。无怨，对社会的和谐意义重大，因为领导作之君、作之亲，身兼君与父的双重角色，人民群众都是臣民、子民，而非公民，自然就只有子民意识而没有公民意识，受了委屈应该从心里到嘴上都不表现出怨气才对，只讲奉献，不讲索取。

这可以说是一种很高的道德修养，但实在也太违背人性了，好比一个女人被强奸之后还要主动去给强奸犯洗内裤，虽然有些人早就习以为常，但有点头脑的人总会不舒服的。那么，这些人真会拒绝洗内裤吗？一般来说也不会的，他们会做的是：一边洗内裤，一边在嘴上嘟囔几句。许多思归的诗词，在实质上其实就等同于这种嘟囔。

所以，当我们看到历史上很多很多思归的名篇却见不到几个人真正归隐的时候，也不必急于指责这些古人的虚伪，这只是一种心理上的调剂而已。就像现在的某个员工发个帖子痛诉自己被剥削、被压迫的血泪史，自然有人会说“不满意你就辞职呗”，但他一般不会辞职，只是怨气需要发泄而已。所以即便在古代的专制社会，也要给言论一定的自由度，因为聪明的统治者知道，只要控制得当，这不但不会造成危害，反而会对社会稳定起到积极作用，其原理就相当于高压锅顶上的那个阀门。

从社会层面转入个人层面，苏轼就任杭州通判的时候正是他政治生命的青涩期，虽然年纪轻、资历浅，但挫折感已经很深了。苏轼本来正有大展宏图、鹏程万里的势头，但不幸赶上王安石变法，不幸自己偏偏站在王安石的对立面上——即便抛开政见不谈，苏轼的亲朋好友基本都是旧党人物，所以苏轼天生就站在王安石的对立面上。王安石为了保障变法工作的顺利，就需要在中央多安排自己人，把反对派人物贬到地方上去。于是，王安石要驱逐苏轼，苏轼要扳倒王安石，你来我往，好不热闹。

王安石背后有神宗皇帝，苏轼背后有一干元老重臣，王、苏二人又各是学究天人、智慧出众的角色，这一场战斗，如果迎合当今职场小爬虫们的口味来写，应该会很受欢迎的。

两大高手对决，苏轼落败，被外放到杭州做官。杭州副市长的职位对很多人来说都是梦寐以求了，对苏轼却是完全不一样的感觉。这一时期的苏轼没少思归，比如《蝶恋花》：

雨后春容清更丽。只有离人，幽恨终难洗。北固山前三面水。碧琼

梳拥青螺髻。

一纸乡书来万里。问我何年，真个成归计。白首送春拼一醉。东风吹破千行泪。

写这首词的时候，苏轼在杭州已经呆了三年。出游金山，雨后春色一番清丽，人也应该高高兴兴才是，而事实却是“只有离人，幽恨终难洗”。突然接到家书，信中问自己何时返乡。何时才能返乡呢？自己也不知道，于是“白首送春拼一醉。东风吹破千行泪”。

杭州任满，转任密州，这一路上苏轼还是乡思不断。如《卜算子》：

蜀客到江南，长忆吴山好。吴蜀风流自古同，归去应须早。

还与去年人，共藉西湖草。莫惜尊前仔细看，应是容颜老。

苏轼是四川人，故称蜀客。这位蜀客到了江南，游过江南的好山好水，现在又要离开了。年华易逝，欢宴难再，与其宦海奔波，不如及早归去呀。这是熙宁七年，全年之中，苏轼词作的一个主要基调就是思归。在京口，苏轼与同僚杨元素欢宴作别，席间作了一首《醉落魄》：

分携如昨，人生到处萍漂泊。偶然相聚还离索。多病多愁，须信从来错。

尊前一笑休辞却，天涯同是伤沦落。故山犹负平生约。西望峨眉，长羡归飞鹤。

杨元素不但是苏轼的同僚，而且也是蜀人，两人曾经相约归隐故山，结果谁都没做到。西望四川峨眉山，只能羡慕仙人了。官服脱不去，家乡归不得。词中很有人在官场身不由己的叹息，也很有同是天涯沦落人的同病相怜，其实说到底，这二位要是真想辞官归隐，一咬牙也就辞了，宋朝毕竟是知识分子的黄金时代，不像明初，敢不做官就得担掉脑袋的风险。大家读诗词的时候，对很多话是不能当真的。

同年十月，苏轼经过苏州，又作了一首《醉落魄》：

苍头华发，故山归计何时决。旧交新贵音书绝。惟有佳人，犹作殷勤别。

离亭欲去歌声咽，潇潇细雨凉吹颊。泪珠不用罗巾裛。弹在罗衣，图得见时说。

这首词还在思归，也还是思归而不得。作为一个政治斗争中的落败者，无论旧交还是新贵都没有音信往来了，而今路过苏州，只有歌伎殷勤招待，为苏轼送别。——这是宋人诗词中歌伎主题的另外一层含义，士大夫与歌伎之间往往可以形成一种超越功利的关系，于是歌伎就变成了落魄士大夫的心灵港湾，此时歌伎的意义和思归是类似的。

在一处驿站里，苏轼即将离去，而歌伎的歌声开始哽咽，依依惜别之情溢于言表。潇潇细雨更加惹动了愁肠，泪珠落在罗衣之上，不知何日才能重见。为什么我们总是不懂得珍惜眼前人？在未可预知的重逢里，我们以为总会重逢，总会有缘再会，总以为有机会说一声对不起，却从没想过每一次挥手道别，都可能是诀别，每一声叹息，都可能是人间最后的一声叹息。

苏轼的全部词作中，《醉落魄》这个词牌非常罕见，但在熙宁七年这仅仅一年之中，就有三首怀归主题的《醉落魄》，词牌的字面意义与词作的主题映衬得如此合拍，更增添了几分凄凉萧索的意思。

“轻云微月”是三首《醉落魄》中艺术水平最高的一首：

轻云微月，二更酒醒船初发。孤城回望苍烟合。记得歌时，不记归时节。

巾偏扇坠滕床滑，觉来幽梦无人说。此生飘荡何时歇。家在西南，长作东南别。

词中写月色朦胧，云彩轻柔，在二更时分，词人从沉醉中醒来，发现自己正在一只刚刚出发的小船上。从船舱中向来路望去，只见一座孤城笼罩在烟雾迷蒙之中，似梦如幻，歌宴的场景仍在目前。如今醉了，头巾歪在一边，扇子掉在船板上，藤床湿腻，仿佛连人也要滚落下去了，真是醉了。忽然记起来，刚才做了个梦，想把梦境说给人听，身边却无人可诉说。一叶小舟载着自己在迷蒙的江面上飘荡，不知道飘到何时才能止歇。自己的一生又何尝不是如此呢，像这只小船一样，飘飘荡荡，身不由己。何时才能安稳下来呢？何时才能够回到四川老家呢？

这首词在文字上很见功力。上片最后两句“记得歌时，不记归时节”（另一个版本作“公子佳人，不记归时节”，显然不如这个版本），呼应下片最后的“家在西南，长作东南别”，产生了一种特殊的修辞魅力。“歌”与“归”构成一对矛盾，象征着仕进与隐逸；“西南”与“东南”也构成了一对矛盾，这既是写实——因为苏轼是蜀人而游宦江南，故有此语，这也是象征——西南家乡象征归隐，东南游宦象征仕进。四句话，充满了矛盾对立，也含有了表层与深层的多重含义，这就是当之无愧的高手笔墨。纳兰容若极爱这四句，说这是宋词中精妙而罕见的语言结构。

离开杭州，前往密州，这是心情复杂的一年，既沉醉，又落魄，小船想向西南驶去，离开波诡云谲的官场，回到风景秀丽的眉山老家，但一辈子都没能如愿以偿。拦着自己归隐的脚步的，与其说是宦海的风波，不如说是心中的抱负。一次次的贬谪，一次次的周游，一次次的自我排解，都是因为不甘心呀。

9. 若有知音见采，不辞遍唱阳春

——晏殊《山亭柳·赠歌者》

家住西秦，赌博艺随身。
花柳上，斗尖新。
偶学念奴声调，
有时高遏行云。
蜀锦缠头无数，
不负辛勤。

数年来往咸京道，
残杯冷炙漫销魂。
衷肠事，托何人。
若有知音见采，
不辞遍唱阳春。
一曲当筵落泪，重掩罗巾。

【词人小传】晏殊（991—1055），字同叔，临川（今江西临川市）人，景德二年以神童召试，赐进士出身，此后走上仕途，历经小风小浪，做到庆历中拜集贤殿大学士，同中书门下平章事兼枢密使，谥元献，有《珠玉词》传世。

晏殊的词，很多人评价不高。在北宋的大小晏里，人们往往更喜欢小晏，即晏殊的儿子晏几道。如果调查一下现在的诗词爱好者们，就会发现持这种看法的基本都是年轻人，而上了些年纪的人往往更能领略到晏殊词的妙处。

为什么会这样呢？这在很大程度上是因为大小晏人生经历的不同。晏殊从十四岁举神童开始，仕途得意，一直做到宰相。单是宰相倒也罢了，晏殊这个宰相还是个太平宰相，仿佛天下好事都被他一个人收尽了，于是写起词来，形式多是四平八稳，内容多是富贵闲愁；晏几道却相反，性格单纯，在社会上只能屡屡碰壁，更为可贵的是，虽然屡屡碰壁，而单纯的性格始终不改，于是写起词来总会深情流露，一发而不可收拾。

简化来说，晏殊词多理性，晏几道词多感性。

有人说诗词就是要以抒情为指归，要靠感性成之，切忌理性思维，其实这个说法有悖于中国传统的诗词观念。古人受儒家思想熏陶，一旦落笔发言，讲究的是乐而不淫、哀而不伤。也就是说：快乐是可以表现出来的，但不能太过分，忘乎所以就不好了；悲伤也是可以行之于色的，但不能呼天抢地、寻死觅活。简而言之一句话：无论什么样的情绪，都应该表现得有所节制。如果从艺术角度来说，这就是含蓄之美。感情的尽情宣泄可以构成呐喊，但无法构成艺术。

晏几道的词，是一个纯真的少年用纯真的眼光去看世界；晏殊的词，则更像是一个沉稳的成年人在独处的时间里藏在笑容底下的一些深远的感怀。

人们常常信奉的一句话是“国家不幸诗家幸，赋到沧桑句便工”，但晏殊生活在难得的一个太平时代；人们又说“文章憎命达”，认为只有悲惨的处境、不得志的生涯才可以磨炼出最好的艺术作品，但晏殊少年得志，一直做到宰相；人们又说感性和理性总有相悖的地方，理性的人缺乏对生活的敏感，难以用自己对生活细微处的捕捉来打动人心、引起读者的共鸣，而晏殊恰恰是一个理性的人，这恰恰是做官需要的素质——李白可以斗酒诗百篇，可以傲视王侯，始终憧憬着有朝一日能做帝王之师，与君谈笑净胡沙，但没人相信李白真的可以做到这些事功，但晏殊可以。所有的线索似乎都在指向一个结论：晏殊的词要么是富贵闲愁的絮语，要么是粉饰太平的套话，要么是同僚应酬时的应景之作。但是，晏殊确实是北宋最重要的词人之一，他的艺术造诣也确实在小晏之上，只是，这都需要用岁月来慢慢体会。

晏殊死后，欧阳修有追悼之词说："富贵优游五十年，泉终明哲保身全"，说晏殊一生明哲保身，由此得享五十年的富贵。但是，富贵的背后，未必就是优游。晏殊生活的转折点和一则公案有关，这个公案就是尽人皆知的"狸猫换太子"。

民间故事里的"狸猫换太子"，是说宋真宗的两个妃子李妃和刘妃同时怀孕，李妃生了一个儿子，刘妃生的是女儿，女儿才一降生便夭折。古代的情形是母以子贵，只有儿子做了下一任的皇帝才能保证母亲后半生的荣华富贵。于是，心机深沉的刘妃想出了一条毒计，用一只剥了皮的狸猫换掉了李妃的儿子，把李妃之子当做自己的儿子，并诬陷李妃生下的是妖孽。

李妃被屈含冤，被驱逐出宫，流落民间，受尽了万千苦楚。李妃的儿子则在刘妃的养育下长大成人，并且做了皇帝，这就是宋仁宗，他对自己的身世茫然无知，一直以为刘妃就是自己的亲娘。后来包拯陈州放粮，李妃才找到机会向包拯申冤，并在包拯和三侠五义一众英雄的帮助下为自己讨还了公道。故事的最后是仁宗认母，亲情感人。

这个故事在历史上是有原型的。

刘妃和李妃确有其人，但身份并非相当。刘妃是宋真宗的爱妃，李妃原来却是刘妃的侍女。宋真宗宠爱刘妃，想立她当皇后，无奈刘妃的出身不够高贵，又没给皇帝生下儿子，在这种情况下立为皇后是难以服众的。两人想了一个"借腹生子"的办法，让当时还是刘妃侍女的李妃侍寝，这一回果然怀孕，生下了一个男孩，这就是后来的宋仁宗。

晏殊一生富贵优游，诗、文、词兼擅。所作多来源于舞榭歌台、花前月下，而笔调闲婉，理致深蕴，音律谐适，词语雅丽，在北宋文坛上享有很高的地位。其词多表现诗酒生活和悠闲情致，颇受南唐冯延已的影响，与欧阳修并称“晏欧”。间或流露出旷达的情怀，概括出对人们有启迪的人生哲理。他一生历任各级大官，纵有儿女之情也不能象柳永、秦观那样露骨的表达，所以他词中似乎又有一种暗藏的风情，不能倾泻而出，只能隐约暗示，适可而止。

还是小孩子的宋仁宗被刘妃抚养，大家都当他是刘妃的孩子。李妃后来又生过一个女儿，但不幸夭折。

到宋仁宗即位之后，已经升为皇太后的刘妃晋封李妃为顺容，安排她出宫为真宗守陵。也许是为了报答或补偿李妃，刘太后又派人寻访到李妃失散多年的弟弟，安排他在朝中做官。

在宋仁宗从孩提到成人这段岁月里，后宫还算安然无事。李妃从不曾以仁宗的生母自居，也从不曾为此报怨过什么，而刘妃也并没有传说中的那么歹毒，她不但没有加害过李妃，还表现出了相当程度的善意。

又过了一段日子，李妃生了重病。刘太后派了太医前去探望，还加封李妃为宸妃，而李妃就在受封的当日不治而死，享年四十六岁。宋仁宗到这个时候也不知道去世的这位普通宫人其实就是自己的亲生母亲。

又过了一年，刘太后也因病去世了，尘封多年的秘密这才渐渐浮出水面。阴谋论悄然出现，有人甚至指称李妃之死是刘太后下毒所致。宋仁宗的惊骇是可以想见的，他派出了李妃的弟弟亲自去李妃的陵寝查看，不但没有发现下毒的迹象，更看到李妃陪葬的规格极高，身上穿的赫然是皇后的衣服。

在宋仁宗时代，除了李妃事件之外，还发生过一起涉及宫廷的大案。皇宫里有个姓王的宫女，是做杂役的，出宫之后嫁给了一个叫冷绪的医生，生了一个儿子，取名冷青。冷青从小听母亲讲述宫中掌故，知道了很多红墙里边的秘闻和规矩。冷青长大之后，浪迹庐山，声称自己是流落民间的皇子，母亲当年在宫中怀了孕，出宫之后生下了自己。

有个和尚看冷青奇货可居，就把他带到了京城，冷青便开始在京城的大众场合下宣讲自己的身世。当时首都开封的市长钱明逸把冷青捉拿归案，但冷青毫无惧色，俨然是个正牌货，并以皇子的身份喝令钱明逸离座而立，钱大人一时之间没反应过来，还真就听从摆布了。

这案子后来上达天听，宋仁宗安排包拯处理。包青天审清案情，冷青被处死，钱明逸被降职，事情才算有了了断。冷青案本来和刘妃、李妃的事情八竿子打不上关系，但小说家移花接木，于是才有了包青天断“狸猫换太子”一案的传奇故事。

“狸猫换太子”的第一底本是刘妃、李妃一事，这事当时牵涉到很多人，其中就有晏殊。在李妃去世的时候，晏殊为她撰写墓志铭，当时刘太后还在世，晏殊哪敢在墓志铭上写出李妃就是当今天子的生母！但等到刘太后一死，晏殊的这个旧账就被翻出来了。想想晏殊也挺冤的，当时换作任何一个人来写墓志铭，恐怕都不会把这件宫闱秘事挑明，但政治风向一转，晏殊的罪过就变成铁证如山了。看来晏殊还是不够精明，否则的话，对这种事肯定有多远躲多远。

罪名还不止这一条，又有人举报说晏殊动用官军为自己兴建官舍。这件事就和墓志铭事件一样，既冤枉也不冤枉，因为役使官军兴建官舍这在宋代官场上是很普遍的事情，大家都习以为常了，但是，就像在贪污腐败在习以为常的官场上，时不时地还是要揪几个贪官出来，尽管因为贪污腐败而获罪在官场上早已被看做一种荒诞的事情，但这毕竟是违法的，正好可以用作政治斗争中整人的工具。

所以，晏殊的此番获罪在同僚当中颇受同情，晏殊自己也很不服气。但无论如何，宰相是再也做不成了，晏殊被外放为地方官，迁来迁去，漂泊不定。到了六十岁的时候，晏殊坐镇陕西，心里仍然郁郁不平。人的挫折感，其强烈程度往往并不取决于挫折本身，如果一个人一辈子倒霉受罪，很容易就会养成一种听天由命的态度，对挫折的承受力也会更强；温室里长大的花朵却很容易在一场小小的风雨中凋零。晏殊十四岁举神童，少年得志，平步青云，这一辈子真没吃过多少亏、受过多少苦，此时这一点委屈对他来说已经算是天大的打击了。

有一则佚事很能说明问题：晏殊迁到陈州的时候，有次席间歌伎唱歌佐酒，唱到“千里伤行客”一句，这本是很平常的一句送别之语，晏殊听了却勃然大怒道：“我这一生为官，从没有离开过首都五百里之外，你这‘千里伤行客’是什么意思！”

前边讲过，在宋朝判断士大夫是否受到朝廷重用，有一个简易方法，就是看他在哪里做官。如果是做中央官，此人一般就属于得势的一派；如果是做地方官，辖地距离中央越远，就说明此人在政治上越失势。如果一个被贬到地方上的官员接到调令，让他到距离中央更近的某地做官，哪怕这只是平级调动，在实质上也是一种升迁。所以，晏殊这里说自己平生为官从没出过京畿方圆五百里，意思就是说他在政治上从没有真正失势过。如果真被贬到千里之外为官，那性质可就不一样了。

就是在这样的背景下，在陕西任上，已经六十多岁的晏殊写下了这首《山亭柳》。这首词的风格比较激越，在晏殊的词集里算是相当罕见的。但是，即便是激越，也远没有到了呐喊的地步，因为晏殊毕竟是晏殊，理性总还是主宰一切的，况且就算被贬了官，宰相的风度也不是说消失就马上能消失的。

词牌下面有个题目：赠歌者，说明这首词是在一次筵席上听到某位歌伎唱歌受到感动，特意写了这首词送给她的。看上去这是一个随机事件，但把全词读下来，会发现这个随机事件只不过是给压抑已久的情绪打开了一个出口，这用马克思哲学的必然性和偶然性来解释是最恰当不过的。

这又是一次宴会，宴会上依旧少不了歌伎，其中有一位歌伎独独引起了晏殊的注意。她看来并不年轻了，听她自述身世，就是陕西本地人。但到底是什么地方引起了晏殊的注意呢？毕竟，她并不年轻了，不是靠美色，而是靠别的什么。她的眉宇间，有一种孤傲，有一种落寞。

歌伎自述“家住西秦，赌博艺随身”，这里的“赌”和“博”要断开来读，并不是“赌博”的意思。歌伎是以非常自负的口气在说，自己是陕西人，多才多艺，当年经常和姐妹们比赛唱歌，比的都是最新最难的歌曲，有时炫技一下，一段花腔女高音能让云彩都停步不前。这样的歌唱水平自然大受追捧，虽然我唱得辛苦，但听众够捧、报酬够多，我也算心满意足了。

到了下片，突然词锋一转，“数年来往咸京道，残杯冷炙漫销魂”，歌伎自叹日子一年年过去，当年的名伶已是明日黄花。“衷肠事，托何人”，这时才想到当年纵然粉丝众多，真正的知音却在哪里呢？被大家追捧，的确很满足，可他们究竟听懂自己的歌声了吗？这般情绪，很像杜甫怀念李白时写的“冠盖满京华，斯人独憔悴”，场面是那样地热闹，人却那样地孤独。

对知音的渴望越来越烈，“若有知音见采，不辞遍唱阳春”，如果能有知音欣赏我、收留我，我愿意把阳春白雪对他唱一个遍，愿意把自己最宝贵的东西拿出来和他分享。但是，这个能够理解我、欣赏我、收留我的人，究竟在哪里呢？

依然不知道他在哪里，甚至不知道是否存在这样一个人，想到这里，总要落下泪来。但是，身为歌伎，天然就是要卖唱卖笑的，哪能当着客人的面哭起来呢？心里再怎么难过，也只能偷偷地把眼泪擦去，偷偷地、一次一次地，把眼泪擦去。“一曲当筵落泪，重掩罗巾”，说的就是这样欲哭而哭不得的凄怆景象。

这样看来，通篇都是歌伎在追忆，在悲愤，在不平，没晏殊一点事，但稍微一琢磨，就会发现这首词表面上是歌伎的自述，背后则是晏殊的共鸣，真正要表现的也是晏殊的共鸣。词中所追忆的，所悲愤的，所不平的，全是晏殊自己的事。

士大夫借歌伎的口吻来抒写心事，首先是因为歌伎和士大夫虽然地位上一卑一高，但实质上大有相通之处。歌伎要勤学苦练，最终靠技艺谋生，儒生也要十年寒窗苦，和全国的同学们去“斗尖新”，一旦金榜题名，也一样“蜀锦缠头无数，不负辛勤”。歌伎最终的出路是要找一个终身的依靠，儒生也是学成文武艺，货与帝王家，一身本领需要找一个合适的买主，连孔子都是“我待贾者也”，期待着明主的赏识。

如果得不到赏识，或者先得到了赏识又被误解，或者貌似得到了赏识而事后证明那并不是真正的赏识，委屈的感觉便总是难免的了。对于歌伎来讲，后半生的归宿应该在哪里呢？对于士大夫来讲，问题也是一样的，我这些阳春白雪到底还有没有机会唱给人听呢？

晏殊借着写歌伎，写出了自己的心曲，这是一种含蓄和委婉。如果换作李白，很可能直接就写作“安能催眉折腰事权贵，使我不得开心颜”了。相形之下，晏殊的笔调更符合儒家对于知识分子精神操守的要求：心里有不满，这是可以的，要发泄也是可以的，但发泄得不能太直接，总得节制一下才好。晏殊的节制，就是把自己的牢骚藏了起来，表面上完全在写那个歌伎的牢骚。这种手法，往好听了说叫别有寄托，往难听了说叫指桑骂槐。

但是，如果仅仅是借他人酒杯浇自己心头块垒，只能形成一个私人化的作品，无法走向公共。晏殊这里的私人化，却有着一种普世的意义：歌伎与知音的关系，知识分子与明主的关系，其中的艰难险阻和悲欢离合是始终存在的，是许多人都有切身感触的，于是晏殊因为这首《山亭柳》而扮演了同类群体代言人的角色。一件艺术作品之所以能够流行，这是很要紧的一个原因。

纳兰容若选录晏殊的这首《山亭柳》，似乎不大容易让人理解，因为大家总以为容若更像小晏，即便对大晏的词有喜欢的，也应该偏重言情的作品。言情小词晏殊也写过一些的，水平也还不错。晏几道说父亲填词从来不作妇人之语，乍看上去不像实话，但细想一下，的确，晏殊虽然写过不少言情小令，但总有一些士大夫的气象，不是花间和柳永那种缠绵悱恻型的。晏殊写情，情怀总要比单纯的言情高出一筹，上升到人生观、世界观的层面，有一些淡淡的无可奈何，不像晏几道那样痴情。

换句话说，同样言情，晏殊能从情中超脱出来，晏几道则一入情中便很难拔得出来。明白了这一点，两人的水平便高下立判了。当然，小晏的粉丝们也不必动怒，人在年轻的时候显然并不容易接受晏殊，这是再正常不过的。

10. 年少抛人容易去

——晏殊《玉楼春》

绿杨芳草长亭路。
年少抛人容易去。
楼头残梦五更钟，
花外离愁三月雨。

无情不似多情苦。
一寸还成千万缕。
天涯地角有穷时，
只有相思无尽处。

晏殊这首《玉楼春》，主旨一般被解作女子思念情人，从字句来看，也确实是这个意思。第一句“绿杨芳草长亭路”，一共出现了三个意象：绿杨、芳草、长亭路——我在《纳兰词典评》里讲过，诗歌在逐渐发展成形之后，诗歌语言便形成了固定的一套体系，哪些词会传达哪些特殊的意思都是有固定模式的。所以，我们要了解诗词，一个很必要的方法就是通过多读来熟悉这种语言体系。在当下的这三个意象里，绿杨不是杨树，而是柳树，也就是杨柳，美丽一点的称谓是垂柳，杨柳常常生在河边，柳条随风飘摇，袅袅娜娜，姿态万千，如果两个人在河边道别，柳枝轻拂，好像要牵住人的衣襟不让离去。所以，杨柳这个意象一旦出现，诗句要表达的基本就会是惜别的意思，比如柳永词里"杨柳岸，晓风残月"，这就是诗人自家的语言。

芳草，也是离别的意象。白居易《赋得古原草送别》中"又送王孙去，萋萋满别情"，在送别之后，离人越行越远，渐渐看不到身影，只有满目芳草萋萋，令人惆怅。另一个可以引申的意象是：芳草枯荣，年复一年，而离人何时归来？

长亭路，照样是离别的意象。所谓亭，各个时代的含义并不相同，这里大略而言就是城外道路上修建的供旅人歇脚的地方，一般就是个亭子，还有说每隔十里一座长亭，每隔五里一个短亭。送别经常要送到长亭，在这里坐一坐，喝两口酒，然后该走的走，该回的回。传为李白的一首词里说"何处是归程，长亭更短亭"，这是想家了；杜牧在黄州时写道"不用凭栏苦回首，故乡七十五长亭"，所谓故乡是说长安，黄州距离长安两千二百五十五里，而驿站的规划标准是每隔三十里一驿，每驿有亭，算下来正合"七十五"之数。

至此可见，晏殊《玉楼春》首句"绿杨芳草长亭路"，堆砌三个意象，长亭路上有绿杨、有芳草，所要传达的无非是一个意思：离别。有些注本把"绿杨芳草"释作踏春好风景，或者说这是女主角看到春光明媚而触景生情、抚今追昔，这都是没搞懂这一套自成体系的诗歌语言。

单说离别是不够的，到底谁和谁离别呢，又是怎样的离别呢？第二句给出线索："年少抛人容易去"。"年少"有两个意思，一是年轻，二是引申为年轻的人。我们在诗词作品里看到"年少"，首先就有必要作一下辨别，比如黄庭坚这首《菩萨蛮》：

轻风袅断沈烟炷。霏微尽日寒塘雨。残绣没心情，鸟啼花外声。

离愁难自制。年少乖盟誓。寂寞掩朱门。罗衣空泪痕。

这首词和晏殊的《玉楼春》主旨非常相近，是假托一名女子的口吻，在轻风袅袅、寒塘微雨的时刻格外感受寂寞，想做做刺绣排遣一下，却毫无心绪，绣不下去，听着花丛里鸟儿啼鸣的声音，在繁华春光里无限寂寞。为什么会寂寞呢？下片转入原因：心上人离自己而去了，愁绪无法自制，那个年少的恋人背弃了盟誓，一经离去便再也没有回来。如今只是寂寞地掩住门扉，偷偷垂泪。

下片里的“年少乖盟誓”，所谓“年少”指的便是“那个年少的恋人”，语意是非常明确的。多情女子负心郎，古往今来同为此叹。“年少抛人容易去”，“容易”是轻易、不珍惜的意思，再加上一个“抛”字，不论那位年轻男子是否真的轻易抛弃了词中的这位女主角，至少女主角的爱恨缠绵的心态被巧妙地摹写出来了。接下来的两句“楼头残梦五更钟，花外离愁三月雨”等同于黄庭坚《菩萨蛮》同样位置上的“残绣没心情，鸟啼花外声”，女主角寤寐思服、辗转反侧，根本睡不踏实，三月的微雨本来是温柔可人的，又是在花丛中淅淅沥沥，但在忧愁之人的耳中，竟也全是离愁和思念。

下片似是转折，实为递进。“无情不似多情苦，一寸还成千万缕”，恋爱中的双方对爱情的投入量总是不对等的，罗密欧和朱丽叶那样的绝配毕竟是凤毛麟角，感情投入大的一方自然承受的痛苦就大；“一寸”是“一寸丹心”的省略语，寸心便成千万缕，整颗心又当如何？饶是痛苦，依然难以斩断相思，于是便有词末的结语“天涯地角有穷时，只有相思无尽处”。

这首《玉楼春》仍是花间正根，意思也不难理解，却在宋词史上生出了一桩公案。——话说柳永填词惹了宋仁宗不快，官路遇阻，便去晏殊那里找门路。晏殊问了这么一句："阁下填词吗？"柳永是词坛大名家，但我们要知道，填词在当时只被视为艳科小道，虽然大家爱玩，但不会把它正眼相看，所以晏殊这么问，明显带有轻视柳永的意思。柳永受了这一问，颇想反唇相讥，于是答道："我和您一样，也喜欢填词。"的确，晏殊和柳永在北宋词坛各擅胜场，晏殊似乎不该乌鸦站在猪身上，尽看见别人黑，但晏殊的回答理直气壮："我虽然也填词，却不像你那样填出什么'彩线慵拈伴伊坐'来。"

这可戳中了柳永的痛处，因为这句"彩线慵拈伴伊坐"正是出自他的一首《定风波》，全篇格调低下，只能迎合小市民趣味，难入知识分子法眼。晏殊的意思很明确：虽然咱俩都填词，但我是阳春白雪，你是下里巴人，我就瞧不起你这种专搞三俗作品的文人，别跟我套近乎！

说话听音，锣鼓听声，柳永当下无话，扭头走了，一句正事还都没谈呢。

这则轶事非常有名，既展现了晏殊、柳永二人的身份和性格，也说明了他们词风的差异。晏殊的词虽然也没少醇酒美人的花间做派，但格调颇高，至少也有一些富贵气象。——这并不是我要讲的公案正题，只是一个前奏，接下来的才是正题：有一次，晏几道和蒲传正谈起自己父亲的小词，说父亲虽然填了不少这类小令，但从未作妇人语。

晏几道的这句评价，是对晏殊词作之格调的一个结论。这是一个很高的评价，大约就如同说屈原的诗里虽然多是美人香草，但并不是那种吟风弄月的小调。用逻辑的语言讲，晏几道的评语是一个全称肯定判断，要反驳该命题只须举出一个反例，蒲传正果然就举出了一个反例："'绿杨芳草长亭路。年少抛人容易去'，难道不是妇人语吗？"

的的确确，晏几道把话说大了，蒲传正也堪称敏捷，但晏几道接下来一番强词夺理，竟然把蒲传正给说服了："你把'年少'的意思理解错了。如果‘年少’是指恋人，那白居易的‘欲留年少待富贵，富贵不来年少去’却该怎么解释？”《苕溪渔隐丛话》记载故事的结尾，说蒲传正“笑而悟”，但蒲传正笑归笑，难道真有所悟吗？

谁也不是别人肚里的蛔虫，蒲传正到底悟没悟，只有他自己知道。但就我们读者来看，此事至此可以得出两种解释：一是蒲传正对晏几道的强词夺理心知肚明，只是不愿争执，给朋友留个面子，毕竟要反驳晏几道是很容易的，拿出“年少”的两解一说也就够了；二是蒲传正当真心有所悟，悟出来的是诗人的本意或许很有局限，并不高远，读者却可以发挥理解出高远的意境。

后者正是现代文艺理论里常会提到的一种观点，例证很多，比如晏殊另外一首词《蝶恋花》，原本也是个相思小调，但其中“昨夜西风凋碧树，独上高楼，望尽天涯路”被王国维用来形容做学问的三重境界之一，而这首《玉楼春》，如果离别意象忽略掉，把“年少”理解为“年轻”，真像晏几道对蒲传正所解释的那样，果然就不再是妇人语了：“年少抛人容易去”便不再是无情的情郎抛弃多情女子，而是无情的岁月抛弃多情的人，境界顿时为之一阔。纳兰容若说这首词虽然表面上不脱花间绮语，但细细思量之下感觉又能跳脱出花间的框框。推详原因，大概是晏殊格调自在，便作俗笔也脱俗吧。

11. 此际宸游，凤辇何处，度管弦清脆

——柳永《醉蓬莱》

渐亭皋叶下，
陇首云飞，素秋新霁。
华阙中天，锁葱葱佳气。
嫩菊黄深，拒霜红浅，
近宝阶香砌。
玉宇无尘，金茎有露，
碧天如水。

正值升平，万几多暇，夜色澄鲜，漏声迢递。
南极星中，有老人呈瑞。
此际宸游，凤辇何处，度管弦清脆。
太液波翻，披香帘卷，月明风细。

【词人小传】柳永（？—约 1053），字耆卿，初名三变，字景庄，崇安（今属福建）人，景祐元年（1034）进士，仕途不顺，几经坎坷终于做了一个叫做屯田员外郎的小官。

柳永排行第七，世称柳七，或从官名称呼柳屯田，有词集《乐章集》传世。

这是一首改变了柳永一生的词。如果真能从头再来的话，柳永也许会对它作一些很“重要”的修改，或者干脆不写这首词了；如果我们效仿流行的励志书，要从柳永的遭遇里“感悟”出一点所谓人生哲理的话，结论应该是非常积极向上的：一定要多读书、多学习，多掌握本行业的相关资讯。

事件稍后再讲，先把这首词的意思串讲一下。上片第一句“渐亭皋叶下，陇首云飞，素秋新霁”，“亭皋”是指高地，“叶下”就是叶落，“素秋”就是秋天。这句是说高地上落叶纷纷，白云飘飘，正是秋天雨过初晴的景象。这是化用柳恽的诗“亭皋木叶下，陇首秋云飞”。

第二句“华阙中天，锁葱葱佳气”，“华阙”即华丽的宫阙，“佳气”是宋词里的习语，前边的形容词也常是“葱葱”，是一种若有若无的氤氲之气，除了诗人能看见，算命先生也能看见。这句是说华丽的宫阙高耸中天，锁住了郁郁葱葱的佳气。

第三句“嫩菊黄深，拒霜红浅，近宝阶香砌”，“拒霜”就是木芙蓉花，这句是说小菊花开出了浓浓的黄色，木芙蓉花开出淡淡的红色，在华贵的石阶旁边堆砌着芳香。

第四句“玉宇无尘，金茎有露，碧天如水”，“金茎”是指汉武帝所作的承露盘的铜柱，在修辞上可以用部分来指代整体，所以金茎可以指代整个承露盘。金茎主要与两个意象有关：一是求仙，二是皇家。这里“玉宇无尘，金茎有露，碧天如水”构成排比，而“玉宇无尘”和“金茎有露”率先构成了一个对仗，这是结构上一个很细微的巧妙处。“玉宇”和“金茎”常常对举，比如宋词还有“玉宇风清，金茎露爽”，这种套路一出，说的就是皇宫大内。

下片第一句“正值升平，万几多暇，夜色澄鲜，漏声迢递”，词一转入下片，先对上片的华丽铺陈作了一个总结：世界之所以这般美好，都是因为如今正是升平世界，皇帝也能享受很多休闲时光了，夜色清澈，更漏的声音悠扬动人。“万几”就是“万机”，指皇帝的日理万机——为了照顾那些喜欢看职场政治的读者，我就在这里总结一句爬虫要诀好了：普通的马屁是夸领导忙，高明的马屁却夸领导闲，“万几多暇”就是这样一个高明的马屁，值得有这种需要的人认真学习。

第二句“南极星中，有老人呈瑞”，这是在说当时出现的一种具有吉祥意义的天象：“老人”是指老人星，也叫南极老人星，这些名号大家都很陌生，但有一个别名是人人都知道的：寿星。天上真有一颗星叫做寿星，当寿星能够进入视野的时候，古人认为是一件非常吉利的事。

第三句“此际宸游，凤辇何处，度管弦清脆”，“宸游”是指帝王巡游，“凤辇”是帝王乘坐的车子。这句是说，当此天下升平、老人星现身的吉祥时刻，皇帝悠然出巡，一派莺歌燕舞。这句话非常关键，柳永日后最为痛心疾首的就是这一句了。

末句“太液波翻，披香帘卷，月明风细”，“太液”全称是“太液池”，是汉武帝修的，也叫蓬莱池，唐代也有，在大明宫内。后世用到这个词，经常是指代皇宫大内的。“披香”也是宫殿名，指披香殿。上官仪《初春》诗有“步辇出披香，清歌临太液”，以披香对太液，正是柳永这一句的源头。

通观全词，无疑是一首歌功颂德、粉饰太平的主旋律作品，是一卷专供皇帝欣赏的升平世界图。前边说到，偏偏就是这首词改变了柳永的一生。按说这样一首词应该会讨得皇帝的欢心才对，幸运或不幸的是，皇帝也确实看到了这首词。事情的原委在不同的记载里有着不同的说法，一种说法是：柳永在京城玩得很开心，填的词很为广大人民群众所喜闻乐见，实在是一位人民的作家。柳词够俗，所以流传极广，甚至都传到皇宫里了。宋仁宗很喜欢柳永的词，每次饮酒作乐，都要让侍从再三歌咏。柳永听说了这个消息之后，便专门作了这首《醉蓬莱》，请宦官帮忙送达后宫，希望能拍到皇帝的马屁。宋仁宗听说了这事，有所醒觉，从此便不再听唱柳词了。

从这段记载来看，宋仁宗深通申韩之术，知道做领导的不能使自己的好恶外露，否则的话就会不断有人循着这些线索谋求一些不可告人的目的。柳永很倒霉，遇上的不是夏桀和商纣，而是素有明君之称的宋仁宗，拍马屁拍到马脚上，龌龊小人的形象从此深深地扎根在皇帝心中，后来的仕途不顺与此有着莫大的关系。

另一种说法是：柳永虽然词名很大，但在科举仕宦的正途上却始终不顺。宫里有个宦官爱惜柳永的才华，又怜惜他的怀才不遇，很想找个机会帮他。正巧教坊制作了一首新曲子，名为《醉蓬莱》，负责天象观测的部门又来报告说老人星出现在天穹，是个大吉的兆头。这位宦官趁着仁宗皇帝正在兴头上，给了柳永为《醉蓬莱》新曲填词的机会。柳永一直想当官，苦于科举不利，又找不到门路，突然得了这个可以直接向皇帝展示才华并拍马屁的机会，大喜过望，欣然走笔，洋洋洒洒，写成了这首《醉蓬莱》。

新词上呈给皇帝，柳永也许从此就要官运亨通了，但是，皇帝才看到第一个“渐”字，表情就有些不悦，待读到“此际宸游，凤辇何处”的时候，神色竟至惨然——这句话本身倒没什么，却偏偏与御制真宗皇帝的挽词暗合，真让仁宗悲从中来，不可断绝。接着读下去，读到“太液波翻”，仁宗说道：“为什么不说波澄？”说罢便把柳永这首新词扔在地上，对柳永从此不予进用。

柳永的这种遭际，很容易让人联想到晚唐的诗词名家温庭筠。温庭筠当初也喜欢混迹于人民群众中间，不修边幅，爱音乐，写艳词，科举总也考不上，而在他参加科举考试的时候，主考官甚至专门设置一处座位给他，不让他和其他人挨着。

在科举制度的发展史上，唐代和宋代有很大的不同。唐代的士大夫主流社会注意到了温庭筠是个“坏分子”，可以在科举程序上设置专门的歧视性措施，而托请达官显贵虽然被视为正当的科举门路，但温庭筠这样的人恐怕很难以这个方式求得权势者的帮助。到了宋代，科举制度严格得多，著名的手段有所谓弥封誊录，也就是在试卷上把考生的名字封起来，考卷还要被专人誊写一遍，以保证阅卷的考官无法通过署名和笔迹认出考卷的主人。可以说，宋代科举在程序正义的方面比唐代先进得多，所以，在唐代，温庭筠如果屡屡落第，大家会认为考官和主流社会的倾向性对他大大不利，而在宋代，柳永则是通过了弥封誊录的考试，在放榜的最后关头（也就是自己的名字终于在考试的最后过程中出现的时候），被仁宗皇帝完全凭借主观好恶予以黜落，这才是他和温庭筠在科举经历上的最本质的区别，也导致了世人对柳永赋予了更多的同情。

但是，当我们转而从诗艺的角度来看，这首《醉蓬莱》有什么值得称道的地方吗？——的确，它深深影响了词人的一生，但它也毕竟只是一首以粉饰太平的拍马口吻谋求晋身之阶的庸俗作品而已，不是吗？

并不全是这样。现在的读者很难注意到这样的词，殊不知柳永的时代正是词体演进的一个关键时期。词，原本都是小令，比如前边介绍过的《浣溪沙》《菩萨蛮》之类，如同一首绝句，至多如同一首律诗，而这首《醉蓬莱》篇幅却长了很多。

仅仅是篇幅的长短之别似乎不能说明任何问题，但是，长度突破一个界限之后，就会由量变而质变，词的手法、结构等完全不一样了。这就像同样是开店，如果一个人能把街头的夫妻店搞好，未必就同样能够搞好一家大型商城，因为这两者从管理方式到售卖方式完全是不一样的，成功经验无法移植。我们看晚唐和五代的词，短小精悍，如同水墨小品，而这样一种艺术形式到了北宋已臻完善，需要有人来别开一番新局面了。

柳永的父亲、叔叔、哥哥、儿子、侄子都是进士，柳永本人却仕途坎坷，年近半百时才赐进士出身。由于仕途坎坷、生活潦倒，他由追求功名转而厌倦官场，在“倚红偎翠”、“浅斟低唱”中寻找寄托。作为北宋第一个专力作词的词人，他不仅开拓了词的题材内容，而且制作了大量的慢词，发展了铺叙手法，促进了词的通俗化、口语化，在词史上产生了非常大的影响，所谓“凡有井水饮处，皆能歌柳词”。

北宋词坛四大家里，晏殊和欧阳修都擅长小令，张先能写一些长调，但读起来的感觉总不舒服，细一琢磨，就会发现他是在以小令的手法操作长调，虽然字数能凑齐，写出来就像一幅水墨小品被放大了十倍，硬生生把齐白石的一棵白菜扯成了《清明上河图》。

在这个历史性的当口完成了历史使命的，只有一个柳永。我们一般人看柳永的词，觉得好，那是因为选本里精挑细选了寥寥几篇，如果去看看他的词集，会发现那往轻了说是低级趣味，往重了说就是诲淫诲盗。试看柳永的一首《斗白花》：

满搦宫腰纤细。年纪方当笄岁。刚被风流沾惹，与合垂杨双髻。初学严妆，如描似削身材，怯雨羞云情意。举措多娇媚。

争奈心性，未会先怜佳婿。长是夜深，不肯便入鸳被。与解罗裳，盈盈背立银釭，却道你但先睡。

这是在写一个美貌少女刚刚有了男人，但对男欢女爱还不是很懂，遇到这种事便总是一副天真而娇媚的神态。夜深了，她还不肯进被窝睡觉。男人帮她宽了衣，可她还是背对着灯，说：“你先去睡吧。”

这就是一首典型的小市民趣味的三俗作品，花间词虽然也多是这个调调，但也没放浪到这个地步。柳永总被正人君子们鄙视，不是没有道理的。古人评论柳词，常说它俗，甚至说柳词的主要受众是那些不读书的人。所以柳词和现在的畅销书能有一比：老百姓热捧，有文化的人看不上。柳永的词既然这么俗，他在词的发展史上却有着许多高级知识分子难以企及的崇高地位，堪称北宋词坛第一重镇，道理何在呢？这首《醉蓬莱》所展现的长篇技巧就是主要原因之一。

在柳永之前的传统诗词，基本形式是每一句自成一体，构成一个独立段落，比如晏殊著名的《浣溪沙》：

一曲新词酒一杯，去年天气旧亭台。夕阳西下几时回。

无可奈何花落去，似曾相识燕归来。小园香径独徘徊。

一共六句，每句自成一体，构成一个独立段落。再从每一句来分析结构：每一句都是七言，每一组七言都是前四后三的结构，即“一曲新词”（前一部分四个字，构成一顿）+“酒一杯”（后一部分三个字），六句话全无例外。这是从唐朝的七言诗传承下来的，比如号称古今七律第一的杜甫的《登高》：

风急天高｜猿啸哀，渚清沙白｜鸟飞回。

无边落木｜萧萧下，不尽长江｜滚滚来。

万里悲秋｜常作客，百年多病｜独登台。

艰难苦恨｜繁霜鬓，潦倒新停｜浊酒杯。

一共八句，每句话都是前四后三的结构。在唐诗集子里随便翻，基本都是这个结构。有些诗歌在文意上打破了这个结构，但在音节上仍然要前四后三地来读，比如杜牧有一句“故乡七十五长亭”，从文义上应该断成“故乡七十五｜长亭”，是前五后二，实际读起来却还得按照前四后三的方式读作“故乡七十｜五长亭”。

慢词的出现使得传统的诗歌语言结构出现了革命性的变化，柳永写慢词，可以每一韵算是一个长句，这个长句中的断句似乎只是为了调整呼吸，这首《醉蓬莱》就是一例。再看最著名的那首《八声甘州》：

对潇潇、暮雨洒江天，一番洗清秋。

渐霜风凄惨，关河冷落，残照当楼。

是处红衰翠减，苒苒物华休。

惟有长江水，无语东流。

不忍登高临远，望故乡渺邈，归思难收。

叹年来踪迹，何事苦淹留。

想佳人、妆楼颙望，误几回、天际识归舟。

争知我、倚阑干处，正恁凝愁。

这首词大家都不陌生。我写在这里，不是分作上下片两段，而是每一韵单列一行，这就可以看得很明显了：如果把每一行当中的标点全部删掉，这才是符合语义的断句方式。正是这种看似不大起眼的技法上的突破，开拓出慢词独特的审美趣味，而柳永又把汉赋的手法借鉴到了慢词的创作当中，这才是慢词就是慢词，小令就是小令，不再是同样的词而只有字数上的长短不同而已。

柳永能够成为词坛重镇，也因为他精通音乐。词是入乐的，是歌词，是要被唱出来的，为一段旋律填词需要有很多的讲究。有过作曲经验的人会知道，先作词后作曲比较容易，因为跟着歌词的抑扬顿挫很容易把曲子顺带出来，而给曲子填词就难得多，不仅仅要把字数凑够，特定位置上的字还要能被流畅地唱出来才行，还不能因为谐音的关系让听者产生出不好的联想——比如在上扬的旋律上填了一个声调向下的字，歌手唱起来会很不舒服，听众听起来也就更不舒服了。但在现在，宋词的曲谱已经失传，我们脱离音乐来从纸面上阅读宋词，体会不到词句配合音乐的那种感觉，所以有时也会自以为很有道理地对一首词指手画脚起来。柳永这首《醉蓬莱》，纳兰容若认为它体现出了作者对音律的高超掌握，在这层意义上，宋仁宗是在纸面上读到的这首词，而不是由歌伎唱给他听的，他对音乐又不在行，所以对柳永的一些批评是完全没道理的。

纳兰容若为柳永鸣不平，是因为他自己也精通音律。这问题清代经学大师焦循也讲过：且不说“此际宸游，凤辇何处”那句碰巧暗合了真宗挽词，要么就怪柳永倒霉，要么就怪他对本行业相关资讯掌握不够，但对那个“渐”字和“翻”字，宋仁宗的批评正是外行批评内行。“渐”字起调，和后面的“亭皋叶下，陇首云飞”字字响亮，如果要以其他字来换掉“渐”字，还真找不出来；而仁宗认为“太液波翻”应该写作“太液波澄”，首先“澄”字在前边“夜色澄鲜”一句里已经出现过了，不宜重复，再者从音乐角度看，“太”字是徵音，“液”为宫音，“波”为羽音，若用“澄”字商音则不协，所以要用羽音的“翻”字……焦循又作了不少音乐上的分析，最后的结论是：柳永之所以这么写，正因为他精通音律。

词，如果不仅仅作为独立的文学形式，而且作为歌词和音乐联系在一起的话，词作者是否通晓音乐就变成了一个相当重要的指标。北宋早期的词坛四大家里，柳永无疑是最通晓音乐的一个，因为这个特长，他才能在填词的时候不断玩出花来。比较一下晏殊和欧阳修的词作，词牌用的基本都是五代以来的小令，用来用去主要也就那么几个词牌，十根手指数得过来，张先要丰富很多，但跟柳永还没法比，不在一个重量级上。柳永用过的词牌有一百多个，而且很擅长长调慢词，而且很有一些词牌再没见别人用过。更有甚者的是，柳永还能在同一个词牌下增删文字，这对其他词作者来说是不可想象的，也只有精通音乐的柳永才能如此随心所欲地进行这样的花式创作。

拿柳永这首《醉蓬莱》举例，恰好可以说明词在艺术领域里的归属：它本来是音乐的附属物。教坊谱出了一首新曲子，柳永赶去填词，不止这首《醉蓬莱》如此，凡有新曲子谱出来，人家每每要请柳永去填词的。当时甚至到了这样的地步：只有被柳永填完词的曲子才能面世。就是这样，词是“填”出来的，不是“作”出来的。反面的例子是苏轼：苏词现在被誉为杰作，从文辞来看确实也当之无愧，但宋人对他的评价却没这么高，因为苏轼的词不大协律，很难唱得出来。

词到南宋始极其工。填词之难，有这样一个例子：南宋周密有一组《木兰花慢》咏西湖十景，这是他的少年成名之作，词前有序，讲述这一组词的创作过程，说张成子当初写了十首《应天长》向自己显摆，自己正值少年气盛，很不服气地说：“你写的都是人间景色，我和你都是人间之人，你写得出，难道我就写不出！”于是冥思苦想整整六天，真给写出来了。张成子一看之下大为佩服，但霞翁有一天看过之后说：“文辞确实漂亮，但不协音律呀！”于是两人为这十首词订正音律，一改就是好几个月，从此我才知道：词不难作，而难于改；语不难工，而难于协。

从另一方面来看，填词需要懂得音乐，词作者如果精于此道，就会为词的创造拓展出更大的艺术空间。柳永正是这样的人物，而且是开风气之先的一位革命者，但他最能抒发音乐才能的慢词却总是难入士大夫阶层的法眼，就算其中有人也喜欢柳词（比如宋仁宗本人），但不会认为这是一种高雅的审美享受，就像艺术泰斗也会看看肥皂剧，但不会因此认为肥皂剧也是艺术。

柳永所开拓的慢词真正被士大夫阶层接受，还要等到北宋末年周邦彦的出现。周邦彦是官方的音乐权威，既能作曲，也能填词，而词发展到北宋末年以至南宋，技艺日精，文人们对词的是否协律比北宋的人要重视得多。周邦彦在这方面等于柳永再世并有过之，填词走的又是雅正一路，自然大受推崇。其实柳永晚年做官之后，对以前填的那些下里巴人的词也很不满了，毕竟他并不是一个真正具有叛逆精神的人物，他当年的叛逆一来只是年少轻狂，二来是在正途受挫之后对愤懑的发泄，心里是永远想着被官家招安的。一旦真如所愿，柳永很自然地就变成一位毫无俚俗之态的正人君子了。

12 情色宋词

词从五代发展到北宋，格调有渐高的势头，但秦楼楚馆、男欢女爱始终是重要主题。在我们现代人的观念里，男欢女爱应该就是诗歌的一大本色，但在古人那里，诗在这方面只承担了很少的任务。《诗经》里的情歌被解读成了政治理论，“诗言志”这句话又被望文生义地曲解作“诗歌的功能是言说自己的志向”，谈情说爱自然不太合适，就算真要写一点“违禁”题材，要么别有用心，要么遮遮掩掩。所谓别有用心，是以男女关系来比喻其他事情，比如君臣大义什么的；所谓遮遮掩掩，就像李商隐那样内容既写得晦涩，题目干脆就叫《无题》。

但是，男欢女爱总是需要一种艺术手段来加以表达的，既然诗不合适，那就让词来承担这个任务好了。纳兰容若择选了北宋时期的几首情色小词，有浅白露骨脸红心跳的，也有温柔委婉一唱三叹的。从艺术角度讲，这些并不都是佳作，但可以集中为我们展现词的一种特殊面貌。

12.1

顾我风情不薄，与君驿邸相随

——越娘《西江月》

一自东君去后，
几多恩爱睽离。
频凝泪眼望乡畿。
客路迢迢千里。

顾我风情不薄，
与君驿邸相随。
参军虽死不须悲。
幸有连枝同气。

这首词的作者是个女子，词的背后有一段不太高尚、也不太高雅的故事：有一位陈大人就任广州参军，弟弟陈敏夫也陪着一道上路。陈大人没有妻室，专宠一妾，叫做越娘，貌美能诗。后来陈大人死在了广州任上，弟弟陈敏夫和越娘一起收拾东西回老家。路过洪都的时候，越娘吟诗一联道："悠悠江水涨帆渡，叠叠云山缓辔行"，吟完之后让陈敏夫和自己对诗。陈敏夫应声道："今夜不知宿何处，清风明月最关情"，诗里略略含有挑逗之意。

其实要说陈敏夫语带挑逗，越娘

得负很大的责任，她那两句“悠悠江水涨帆渡，叠叠云山缓辔行”哪像刚死了男人的意思，分明就是悠哉游哉游山玩水，颇见几分闲情逸致。

越娘听了陈敏夫的两句诗，脸上露出了微笑。当夜宿在双溪驿，这是一个月明如昼的夜晚。越娘打开一樽酒，与陈敏夫对饮，兴致越来越高，终于问了陈敏夫一个敏感问题："今夜你睡在哪儿呀？"陈敏夫答道："我就睡在廊下好了，睡不着的时候正好看月亮。"一问一答，各有余情。夜深了，酒喝完了，陈敏夫也真的躺到廊下去了，忽然听到有走路的声音，起来看时，见越娘正在摇手，示意自己不要出声。干柴和烈火终于聚在了一起，越娘在陈敏夫的怀里说："今日被君诗句惹动春心。"看来那时候会写诗还是很有用的，不比现在。故事的结尾，用古书的原话说是"遂就寝，越娘乃吟词……"越娘在和陈敏夫就寝之后吟的词就是这首《西江月》。

词意大胆露骨，上片说自从男人死后，春心无处托付，泪眼望乡想回家，这段路可真够长的。下片是说自己和陈敏夫结伴同行，最后两句尤其过火："参军虽死不须悲。幸有连枝同气。"——我家男人死了，倒也不必悲痛，这不是他兄弟还在么！

虽然有诗词的遮掩，看上去还是赤裸裸的，不过从人性化的角度来看，还会有比这更好的结局吗？要知道，妾在古代地位很低，男人一死而自己又没有儿子的话，基本就要陷入无依无靠的境地。别说妾了，在先秦时代和一些不发达地区，丈夫死后女人嫁给小叔，甚至嫁给丈夫的其他女人生的儿子是一种天经地义的习俗，个中含义就是：这个家庭里的男人们要对嫁进来的女子负责一辈子。越娘还算好的，美貌和才华仍在，小叔和自己也算情投意合。诗词在这里作了赤裸裸的男女相悦的媒介，尤其是词，可以写得这样地现实。

12.2

伤高怀远几时穷，无物似情浓

——张先《一丛花令》

【词人小传】张先（990—1078），字子野，湖州人，或说是吴兴人，天圣八年（1030）进士。张先官做得不大，在政治上没有多大的作为，苏轼说过他的诗写得比词要好，但张先之名世还是以词人的身份。在晏殊任京兆尹的时候，辟张先为通判，两人的关系相当不错，算是词友，张先常到晏殊家里做客，两人一起共赏新词。张先很高寿，很会享受生活，晚年优游于杭州、吴兴之间，还讨了妙龄小妾，苏轼写诗祝贺他的新婚，“一树梨花压海棠”的趣话就是从这里来的。张先有词集《安陆词》，又称《张子野词》。

伤高怀远几时穷，
无物似情浓。
离愁正引千丝乱，
更东陌、飞絮濛濛。
嘶骑渐遥，征尘不
断，何处认郎踪。

双鸳池沼水溶溶。
南北小桡通。

梯横画阁黄昏后，
又还是、斜月帘栊。
沉恨细思，不如桃
杏，犹解嫁东风。

诗歌语言，有些是公众话语，有些是私人话语。“会当凌绝顶，一览众山小”，这是公众话语；“参军虽死不须悲。幸有连枝同气”，这是私人话语。后者不是写给大家看的，而是在特定的情景之下写给特定的人看，文字之中有些天知地知你知我知的密码。越娘那首《西江月》，假如不是把来龙去脉交代出来，任谁也看不出其中的含义，而有些词，乍看之下当属公众话语，不知道任何背景时也完全可以理解，殊不知它们的背后还隐藏着一些私人的密码。张先这首《一丛花令》就是这样。

如果只从字面上看，能看出词的主旨是男女情爱。“伤高怀远几时穷”，登上高处，怀念远人，思念之情永远无法穷尽，个中道理是什么呢？答案就在下一句“无物似情浓”，烟浓雾浓，都不比情更浓。张先填词爱作警句，这句“无物似情浓”应该算是这首词的一个警句了。

交代了“情”字之后，从抽象转入具象，“离愁正引千丝乱，更东陌、飞絮濛濛”。“千丝”是说柳枝，为什么这么肯定？因为线索就在后边的“飞絮濛濛”——前边说柳枝，后边说柳絮，意思才能连贯。柳枝乱拂，柳絮乱飘，客观的原因是季节到了，但诗人只追寻主观原因，所以认为造成这一自然现象的显而易见是人的离愁。

接下来“嘶骑渐遥，征尘不断，何处认郎踪”，女主角出现了，她看着情郎打马走了，越走越远，渐渐看不到踪影了。

下片按规矩要有一个转折，于是便是“双鸳池沼水溶溶。南北小桡通”，这就把上片的泛泛而写划定到了一个具体的地点：有这样的一片池塘，南北两岸有小船往来。这是远景，接下来镜头推进，给了一个近景：“梯横画阁黄昏后，又还是、斜月帘栊”，有一座小楼，横着梯子，黄昏之后一弯斜月打进窗来。镜头到这里就算结束了，读者却还得多想一步：月亮照进窗子里，照见了什么？这么一想，答案就呼之欲出了：窗子里当然有个人呗！

这就是诗词里常用的以景写人的手法，前边介绍过秦观的《浣溪沙》，“宝帘闲挂小银钩”，也没说窗子里有人，但读者自然想到窗子里一定有人，而且是个大美人。而在张先这句词里，“双鸳”的意象也很重要，这既是客观实景，也是主观虚景，池沼就是池沼，为什么是双鸳池沼？因为窗子里的那个人看到了池沼中的鸳鸯，开始产生联想了。“又还是”也很巧妙，平平常常三个字，透出了那女子的几分慵懒，几分寂寞。

这里还有一个问题：“梯横画阁黄昏后”，什么叫“梯横”？梯子为什么是横着的？——诗词里常有这种话，这是一种可以活动的梯子，白天放下来，到了晚上，就把梯子靠着地面的那头拉起来，横着架在高处，楼上楼下的交通也就断绝了。李商隐的诗里有“玉梯横绝月如钩”，梯子一横起来，交通就断绝了，所以叫“玉梯横绝”，和张先这句“梯横画阁黄昏后”意思是差不多的。

接下来，张先最后的结语又是一个警句：“沉恨细思，不如桃杏，犹解嫁东风”，这就明白交代出方才“梯横画阁黄昏后，又还是、斜月帘栊”一句里藏了一个女子，此刻正是这位女子在“沉恨细思”，思和恨的是：桃花、杏花还可以嫁给东风，我又能嫁给谁呢？

这句话是有出处的，李贺《南园》之一有：“花枝草蔓眼中开，小白长红越女腮。可怜日暮嫣香落，嫁与春风不用媒”，张先反用其意，作了一个毫无道理的比喻。因为这一句的无理，才显得文学技巧的高妙。

到现在就该问一个私人话语里的问题了：女主角“沉恨细思，不如桃杏，犹解嫁东风”，看来自己是个嫁不出去的姑娘，那么，什么样的姑娘才嫁不出去呢？

答案可以被大家猜出很多，但正确答案只有一个：这位女主角是个尼姑。那个“双鸳池沼水溶溶，南北小桡通”就是尼姑庵的所在，“梯横画阁黄昏后，又还是、斜月帘栊”地点就是这位尼姑的单身宿舍。

尼姑思春，被张先写得这般美丽，那么接下来就可以八卦一下：尼姑思的是谁？张先为什么在这里掺和？——答案也很简单：张先就是这尼姑的奸夫。

当然，话也可以说得优雅一些：爱情是超越一切的，尽管双方都曾轻轻地叹息："也许我们都是无法给彼此未来的人"，或者承认这是一场命中的劫难："我想，有些事情是可以遗忘的，有些事情是可以记念的，有些事情能够心甘情愿，有些事情一直无能为力。我爱你，这是我的劫难"，这时候只听到"鸟的翅膀在空气里振动，那是一种喧嚣而凛冽的，充满了恐惧的声音，一种不确定的归宿的流动"。

事情是这样的：张先曾与一个尼姑相恋，但尼姑庵的老当家非常严厉，大约是灭绝师太一类的人物，常睡在池中一座小岛的楼阁上。夜深人静的时候，尼姑偷偷与张先登阁约会，临别之际，张先恋恋不舍，作了这首《一丛花令》倾诉情怀。

有了这个故事作铺垫，这首小令是变得更凄美了，还是变得有些龌龊了，这就全看读者各自的心态了。但我们也可以抛开一切具体的情境，单单从文字本身来欣赏它，确实深沉而巧妙。作为艺术品，这也就够了。

12.3

几重山，几重水

——张先《碧牡丹》

步帐摇红绮。
晓月堕，沈烟砌。
缓板香檀，唱彻伊
家新制。
怨入眉头，
敛黛峰横翠。
芭蕉寒，雨声碎。

镜华翳。
闲照孤鸾戏。
思量去时容易。
钿盒瑶钗，
至今冷落轻弃。
望极蓝桥，
但暮云千里。
几重山，几重水。

这首词是写一名歌伎，私家歌伎的。上片说她唱歌，把家里的新词都唱遍了，但她很不快乐，眼角眉梢总带着愁怨，最后用“芭蕉寒,雨声碎”景语来作情语，摹写她的心情。

这就涉及一个写作技巧的问题：为什么景语能作情语？因为不同的性格、不同的心境，会对不同的景物发生特别的注意。举一个心理学家常用的例子：一个男人，妻子怀孕了，他就会突然发现街上怀孕的妇女多了起来。事实上，大街上人来人往，一切如常，怀孕的女人既没有比平时更多，也没有比平时更少，所不同的只是他的心境——他关心到妻子的怀孕，也就留心到了其他怀孕的女子。一个豪爽的人，更容易注意到“落日照大旗，马鸣风萧萧”这样的景象，而一个忧郁的人，则更容易注意到“青衫人索寞，黄叶雨玲珑”之类的意象。佛家讲“境由心生”，就是这个道理。这就是说，以景语作情语，首先是合理的。

其次是含蓄的。含蓄才能给人无穷的回味，这就是诗词的魅力所在。张先在这里要表达的是“这个女人很忧郁”，他既不直说“这个女人很忧郁”，也不说她又皱眉来又抚心（因为前边已经说过了），而是说“芭蕉寒，雨声碎”，因为只有忧郁的人才更容易留心到“芭蕉寒，雨声碎”这样的细节，也容易被这样的自然景况所触动，又因为单单是“芭蕉寒，雨声碎”这个纯粹的自然景况可以给读者带来一种忧郁的气息。

下片的转折开始交代这位歌伎之所以忧郁的原因。“镜华翳，闲照孤鸾戏”，镜子是黯淡无光的，“闲”字带出了百无聊赖的情绪，“孤鸾戏”传达的是形单影只的感觉。接下来“思量去时容易。钿盒瑶钗，至今冷落轻弃”，讲的是这位歌伎被主人抛弃了。

“望极蓝桥，但暮云千里”，这里用到一个典故，这是裴航的一段故事：裴航在回京途中与樊夫人同舟，赠诗以致情意，樊夫人却答以一首离奇的小诗：“一饮琼浆百感生，玄霜捣尽见云英。蓝桥便是神仙窟，何必崎岖上玉清。”

裴航见了此诗，不知何意，后来行到蓝桥驿，因口渴求水，偶遇一位名叫云英的女子，一见倾心。此时此刻，裴航念及樊夫人的小诗，恍惚之间若有所悟，便以重金向云英的母亲求聘云英。云英的母亲给裴航出了一个难题：“想娶我的女儿也可以，但你得给我找来一件叫做玉杵臼的宝贝。我这里有一些神仙灵药，非要玉杵臼才能捣得。”

裴航得言而去，终于找来了玉杵臼，又以玉杵臼捣药百日，这才得到云英母亲的应允。——这不仅仅是一个爱情故事，在裴航娶得云英之后还有一个情节：裴航与云英双双仙去，非复人间平凡夫妻。

“望极蓝桥，但暮云千里”，向往着裴航与云英的故事，但怎么望也望不到蓝桥，只有千里暮云遮望眼，这是留恋，是希望，是不舍，是无奈。

“几重山，几重水”，这是一个极好的结尾，为什么这么说呢？因为高手遣词造句，会避免用那些大词（这是初学者和低手最爱用的），高手之所以是高手，不在于他们总能找到吓人一跳的大词或者超乎寻常的修辞，而在于能够化腐朽为神奇，把最最普通的字眼用出彩来，用出深意来。这也正是一切文字艺术的最高境界：把恰当的词用在恰当的位置上。张先这里用到“几重山，几重水”，乍看之下平淡无奇，却越琢磨越有味道，尤其是承接着“望极蓝桥，但暮云千里”，把思念与无奈的情绪慢慢氤氲开来，经久不散。

这首词的背后也有一个故事：晏殊做京兆尹的时候，辟张先为通判，两人关系不错，张先常去晏殊家里做客。晏殊新纳了一个歌伎，非常喜欢，每次张先一来，晏殊总要让这名歌伎来唱张先的新词。歌伎很可爱，晏殊喜欢她，张先也喜欢她，但晏夫人不喜欢她，晏殊为了不破坏自家的和谐社会，只好让这名歌伎下岗了。

这一天，张先又来做客，带来了一首新词。席间让营伎唱歌，唱的就是这首《碧牡丹》。这首词显然是有感而发，晏殊听到其中“望极蓝桥，但暮云千里。几重山，几重水”两句，怃然叹道：“人生就是要给自己寻开心，何必这样苦着自己呢！”说罢，马上派人取钱，买回了那名下岗歌伎。这一来，晏夫人也不好再说什么了。

故事还有另一个版本，情节差不多，但男主角由晏殊变成了晏几道。虽然这种事情很难考证（也没太大考证的必要），但从性情来说，晏殊的可能性无疑要更大一些。从晏殊最后所说的那句话来看，分明就是他的词里一贯表现出来的人生观。比如他的一首很著名的《浣溪沙》：

一向年光有限身，等闲离别易销魂。酒筵歌席莫辞频。

满目山河空念远，落花风雨更伤春。不如怜取眼前人。

这首词里所传达的意思在晏殊的全部作品中是很有代表性的，通篇没有什么具体的事情，没有什么具体的需要伤心悲痛的内容，好像是闲得发慌而毫无来由似的，便感叹起人生苦短呀，别时容易聚时太少呀，思念要加个“空”字，伤春要加个“更”字，最后归结为一句话：“不如怜取眼前人”——还是别想那么多了，珍重当下最好。

这种即时行乐的情绪在古人的观念里是不适合用诗来表达的，词恰好给出了一个合情合理的途径，这甚至可以说就是词的本色，是词在内容上可以区别于诗的地方。直到清代，纳兰容若仍要高举叛逆的大旗，在正人君子的诗歌世界里为纯情而私语化的小词呐喊出一条荆棘路来。

12.4

更隔蓬山几万重

——宋祁《鹧鸪天》

画毂凋鞍狭路逢。
一声肠断绣帘中。
身无彩凤双飞翼，
心有灵犀一点通。

金作屋，玉为笼。
车如流水马游龙。
刘郎已恨蓬山远，
更隔蓬山几万重。

【词人小传】宋祁（998—1061），字子京，谥景文，安州安陆（今属湖北）人，后徙开封雍丘（今河南杞县），仁宗天圣二年（1024）进士。宋祁的人生经历和晏殊很相似，少年得志，官运亨通，很会享受，一生没有什么大起大落，只是风流韵事和生活格调比晏殊犹有过之，从这点来看，宋祁算是宋代的一位超级小资了。当时那些传统的正派人士总是看不惯他，其中最有名的就是包拯，他曾经极力阻止过宋祁的升迁。

从文化遗产上看，二十四史里的

《新唐书》，功劳有欧阳修的一半，也有宋祁的一半。宋祁很有才华，但文集已佚，今天只有清辑本的《宋景文公文集》，存词仅有六首。

这首词大家肯定看着眼熟，但不是因为曾经读过，而是词中几乎通篇套用李商隐的名句，乍一看还以为是李商隐的诗被人打乱了呢。

诗如果这样写，肯定被骂抄袭，但词这样写，就是堂而皇之的套用。这也算词作为一种文学体裁的独到之处，甚至还有因为通篇套用别人的成句而成为名篇的，比如金代词坛盟主吴激的那首《人月圆》。

吴激，字彦高，福建人，家世显赫，爸爸是宋朝的宰相吴栻，岳父是书法大家米芾。自然，吴激本是宋朝人，在宋钦宗靖康末年（就是“靖康耻”的那个“靖康”）出使金朝，因为名气太大，被金政府硬给留下来了，从此，吴激就在金朝做了官。

有一天，吴激到一位张侍御家赴宴，宴会上不少文人名士，像宇文虚中、洪皓，都是和吴激有着同样遭际的。既然是宴会，就自然少不了三陪小姐，张侍御家的侍女出来唱歌，其中却有一人面带忧郁，破坏了宴会的喜庆气氛。吴激他们到底不是粗人，一见此情此景，便向那侍女关心了几句，这才知道她原本竟是宋朝宣和殿的宫姬。

这才叫同病相怜。吴激即席写下了一首小词《人月圆》：

南朝千古伤心事，犹唱后庭花。
旧时王谢，堂前燕子，飞向谁家？

恍然一梦，仙肌胜雪，宫髻堆鸦。
江州司马，青衫泪湿，同是天涯。

这首词一出，很快就上了当年的畅销金曲排行榜，但在现在看来，这首小词似乎很成问题——审美的个人偏好即便不谈，有一个硬指标却是毋庸置疑的：这短短的四句话，有三句明显全是剽窃别人的，而且剽窃的居然还都是名人名作。

“南朝千古伤心事，犹唱后庭花”，这是剽窃自杜牧名作“商女不知亡国恨，隔江犹唱后庭花”。

“旧时王谢，堂前燕子，飞向谁家”，这是剽窃自刘禹锡“旧时王谢堂前燕，飞入寻常百姓家”。

“江州司马，青衫泪湿，同是天涯”，这是剽窃白居易《琵琶行》“同是天涯沦落人，相逢何必曾相识”。

“恍然一梦，仙肌胜雪，宫髻堆鸦”，这句虽然算不上明显剽窃，但这三个意像全是前人诗词里写滥的东西。

但就是这样一首集剽窃之大成的小词，在当时却每每感人至深，以至于传唱天下，看来剽窃也是要有特殊本领的。

究竟原因何在呢？想想吴激当时所处的环境，如此的“剽窃”也真是难为他了：政坛险恶，身份微妙，还是借用前人成句比较安全一些。刘祁在《归潜志》里这样说过：“诗不宜套用前人的话，但词的标准可以宽些，只要用得巧妙也就是了，比如吴激的《人月圆》，半是前人的句子，但用得韵味深长、不露圭角，比当时同席的宇文虚中的原创作品可强得多了。”

这是一种境界，也是一种无奈。

宋祁的这首《鹧鸪天》虽然不及吴激的《人月圆》那样出名，背后的故事却截然相反，很有喜剧色彩。与吴激生逢乱世不同，宋祁生长在北宋的太平盛世，他早年家境不好，幼年时和哥哥宋庠一起跟随父亲在外地读书，日子很不宽裕，年纪稍长之后离父还乡，两兄弟一同去参加科举考试。这一考，考出了一段佳话：两兄弟双双上榜，弟弟宋祁夺魁，被点了状元。但刘太后(前文讲过,"狸猫换太子"的主人公之一)不同意,认为按照长幼有序的儒家伦理，弟弟不应该排名在哥哥之前。两人的名次就此作了修改，宋庠当了状元，原本该是状元的宋祁被降到第十名。这个手脚如果秘而不宣也就罢了，但内情似乎无意向世人隐瞒，于是大家把这两兄弟并称为“双状元”，又亲昵地称哥哥为大宋，弟弟为小宋。

两兄弟经科举而步入仕途，作风大不一样。哥哥更像我们常人眼中的清官，弟弟却像极了贪官，天天沉醉于纸醉金迷的腐朽享乐之中，造成了重大的社会影响。据当时人的记载，宋祁非常好客，经常在府邸中大开筵席，筵席外围环抱着重重的帷幕，里边遍燃高烛，歌舞不断。宾主相得甚欢，忘记了时间的流逝，偶尔揭开帷幕向外一看，已经是第二天凌晨了。所以宋祁的府邸被人送了一个雅号，叫做“不晓天”。

酒色酒色，除了喝酒，宋祁还很好色。至于好色到了何种程度，有这样一则轶事：宋祁曾在成都锦江宴饮，突然觉得有点凉，便命仆人回家取一件坎肩来。仆人到家说明情况，没想到宋府上下顿时大乱。大乱过后，仆人回去向宋祁交差，随身竟然带着几十件坎肩。——原来是一众美女各表忠心，每人都拿出来一件坎肩。宋祁望着这一堆被超额完成的任务，茫然无措，不管穿上哪件总难免厚此薄彼，最后硬是一件也没穿，押送着几十件坎肩，打着哆嗦回家去了。

对于宋祁的这种作风，人们会怎么议论呢？有些人很看不惯，比如包拯，多次批评宋祁的奢华，并极力反对宋祁出任宰相；但也有不少人喜欢，认为宋祁是一位多才多艺、懂得享受生活的风流俊逸之士。后者不是没有道理，一来此时正值太平盛世，小资情调很浓；二来宋朝官员的收入水平为历代第一，不用靠贪污腐败就能过上质量极高的日子。在这样的前提下，人们的价值观自然会发生变化。一则轶事很能说明问题：发达之后，哥哥宋庠对弟弟的作风很看不惯，派人送信说：“你难道不记得我们当初读书时吃苦的日子了吗？”宋祁回信道：“哥哥你难道不记得当初我们那么吃苦是为了什么吗？”——宋祁的回答很能反映当时的社会风气和政治观念，如果把宋祁和晏殊作比较的话，会发现两人都是早年得志，一生大富大贵，没受到多少实质性的挫折，而两人的政治态度都是垂拱而治型的，不追求什么丰功伟绩，尽量少生事也就是了，而在词风上，都是意态悠闲，一副即时行乐的派头。后来“新党”以及一些奋发有为的人物之所以被传统士大夫所不满，一个主要原因就是这些人违反了垂拱而治的政治传统——奢华享乐并不丢人，奋发有为却是政治幼稚病的表现。

再者，生活奢华也不等于政治腐败，宋祁虽然为这个问题没少受人指摘，官声却也不错。如果有人无法接受这个反差，不妨看看北宋名相寇准，他少年富贵，喜欢飞鹰走狗，做宰相了也喜欢铺张豪华，并不是民间传说里贫困子弟奋发向上的形象。北宋就有这个风气，尚奢侈、玩情调，按现在的观点看就是荣耻观错位。当时有人写诗劝谏寇准，寇准就为自己的铺张找了个理论依据，和诗道：“将相功名终若何，不堪急景似奔梭。人间万事何须问，且向樽前听艳歌。”这首诗在思想内涵上堪比宋祁的名篇《玉楼春》：

东城渐觉风光好，縠皱波纹迎客棹。绿杨烟外晓寒轻，红杏枝头春意闹。

浮生长恨欢娱少，肯爱千金轻一笑。为君持酒劝斜阳，且向花间留晚照。

这首词，文学爱好者可以欣赏“红杏枝头春意闹”这一名句，好好体会“闹”字的妙用，但要看思想倾向的话，更应该关注词的下片，归结起来无非八个字：人生苦短，即时行乐。再联系晏殊的“满目山河空念远，落花风雨更伤春。不如怜取眼前人”，也是一样的调子：当下的欢聚与享乐才是最重要的，才是最值得珍惜的。

要知道，晏殊、宋祁、寇准没一个是普通百姓。这样的词，如果是柳永写的倒也罢了，却偏偏是朝中举足轻重的大员写的，他们还都心口如一地实践着自己的享乐主义人生哲学，可知那时候并不怎么推崇两袖清风、家贫如洗的经典清官造型。

回过头来再看宋祁，这种风流俊赏的派头自然最易赢得女子的倾慕。在他做翰林学士的时候，一日在京城闲逛，偶遇皇宫内院的车队，正避让间，突然瞥见一辆车子里的女子撩起帘子，娇唤一声："这不是小宋么！"

自己竟然能被皇宫内院的美女认了出来，这真令宋祁意荡神驰，越想越是兴奋，也越来越浮想联翩。情之所至，便填出了这首《鹧鸪天》，化用李商隐的名句，一来表现刻骨的相思，二来慨叹红墙内外，咫尺天涯。

这首《鹧鸪天》一出，竟然成了京城里最流行的歌曲，甚至连同创作背景一起传到了宋仁宗的耳朵里。内宫女子竟然结识外臣，还在大街上主动打招呼，这把祖宗家法和纲常伦理抛到哪里去了，皇家颜面何存！更可恨的是，宋祁这个不知深浅的东西，看了也就看了，听了也就听了，偏偏还弄出一首词来到处宣扬！宋仁宗没费多大力气，便查出了那个女子，那是一名宫女，供认是在一次御宴上见到宣召翰林学士，左右内臣说这是小宋，后来出行时偶然见到小宋，便不禁叫了一声。

真相就此大白，宋仁宗并没有马上处置这名宫女，随后，在一次召见宋祁的时候，直接问起了这首《鹧鸪天》，"刘郎已恨蓬山远，更隔蓬山几万重"，宋祁竟然如此思念这个皇宫中的女子吗？

宋祁这下可真慌了手脚，冷汗淋漓，谁知宋仁宗却哈哈一笑道："蓬山不远。"便把那名宫女赐给了宋祁。

这真堪称一段奇事佳话，不但让宋祁得到了意外的实惠，更为宋仁宗打造了一副极有亲和力的形象。宋仁宗也许看过《辛德勒的名单》，深深知道权力的魅力不在于剥夺，而在于宽恕。

12.5

水精双枕，傍有堕钗横

——欧阳修《临江仙》

柳外轻雷池上雨，
雨声滴碎荷声。
小楼西角断虹明。
阑干倚处，
待得月华生。

燕子飞来窥画栋，
玉钩垂下帘旌。
凉波不动簟纹平。
水精双枕，
傍有堕钗横。

【词人小传】欧阳修（1007—1072），字永叔，谥文忠，庐陵（今江西吉安）人，仁宗天圣八年（1030）进士，贬官滁州时自号醉翁，晚年又号六一居士。欧阳修在当时既是政坛显要，也是文坛泰斗，地位超然。我们现在读的二十四史有两部要归功于他，一是他和宋祁主持编修的《新唐书》，二是他自撰的《新五代史》。在词史上，欧阳修也是北宋的重要人物之一，词集有《六一词》《醉翁琴趣外编》传世。

欧阳修是北宋的头等名人，不但

官做得大，是政治上的一号人物，更是文坛宗师，唐宋八大家之一。不仅如此，唐宋八大家里宋代的其他几位全出自欧阳修门中。

欧阳修生在穷苦人家，父亲又死得早，母亲拉扯着他，用芦荻为笔，沙子为纸，教童年的欧阳修写字，这就是著名的"划荻教子"。欧阳修既聪明又努力，二十岁出头就考中了进士，从此步入仕途，脱贫致富了。

初入仕途的欧阳修，作风上既不像当年那个穷孩子，也看不出日后一代宗师的风范，时人评价他有才无行，不像个好坯子。欧阳修在钱惟演手下任职的时候，与一名歌伎相悦，一次钱惟演办宴会，大家都到齐了，只有欧阳修和那名歌伎没来。等了好久，这二位才姗姗来迟。钱惟演责问歌伎，歌伎答道："中暑了，去水阁睡觉，醒来后发现金钗丢了，找了半天也没找到，所以来迟了。"钱惟演给了一个非常人性化的解决方案，说道："如果你能求欧阳修为你写一首词，我就赔给你这支金钗。"欧阳修便即席作了这首《临江仙》，钱惟演也说到做到，派人支取公款给这名歌伎买了金钗。

欧阳修这首词是应景而作，谈不上多高的艺术水准，但很有趣。上片说池塘上打雷下雨，"雨声滴碎荷声"用了个巧妙的修辞，大见才子本色，雨只是下了一阵，很快就停了，小楼西角现出了一段彩虹，非常美丽，而天已转晚，很快就会有月亮升起了。下片是说那名歌伎睡觉的所在，又是燕子窥帘，又是玉钩垂下，衬托出女主角是个小资。结尾最妙，"水精双枕，傍有堕钗横"，告诉大家：那支金钗就横在水精双枕的旁边呢。

这件事现在看来很是风雅，其实钱惟演这是在警告欧阳修呢。因为按照宋朝的政策，官员让歌伎陪酒唱歌虽然是天经地义的，但如果与歌伎私通，有了暧昧关系，是要受到严厉处分的，著名的朱熹审严蕊的事件就是在这种政策背景下发生的。也就是说，如果钱惟演凿实了欧阳修和那名歌伎的关系，欧阳修就得丢官获罪。还好钱大人只是让歌伎找欧阳修讨词，暗示了一下欧阳修：你那点勾当大人我可全知道了，你小子以后给我放正经一点，小心大人我公事公办！

之所以能有这种上下级的关系，恐怕很大程度上因为钱惟演也是一个词人。钱惟演是吴越王钱俶的儿子，在新朝做了高官，虽然在政治品格上是个大有争议的人物，对文人却是极友善的。他和欧阳修还发生过这样一个故事：那时候欧阳修和谢绛都在钱惟演手下供职，欧、谢两人一起游山，到龙门的时候下起了雪，此时忽见有人骑着马，冒雪渡过伊水，越行越近，却是钱惟演派来的厨子和歌伎，使者传达钱大人的口谕说："登山很辛苦，两位就在山上安心赏雪吧，单位里公事不多，不必急忙赶回去。"——这也是当时政治风气的体现，垂拱无为才是正途。但这样看着虽好，弊病却在太平盛世的外表下悄悄积累，后来庆历新政要有为，王安石变法要改革，都是因为积弊已经明显化了。

这首词讲完了，故事也交代完了，但最后还得叮嘱一句：词意和故事未必都是真实可靠的——钱惟演虽然和欧阳修关系不错，但钱家却和欧阳修结过深仇，原因是欧阳修编《新五代史》的时候把钱家对吴越的统治描绘得不那么和谐。后来钱家后人在"盗甥案"上力诋欧阳修（详见下文），就是因为有这个由头。

顺便提一下钱惟演的词。他一生顺风顺水，晚年被贬随州，写了一首很有名的《玉楼春》：

城上风光莺语乱，城下烟波春拍岸。绿杨芳草几时休，泪眼愁肠先已断。

情怀渐变成衰晚，鸾镜朱颜惊暗换。昔年多病厌芳尊，今日芳尊惟恐浅。

之所以拿出这首词来，因为其中表现的仍是晏殊、寇准和宋祁的那副做派。尤其要看下片：“情怀渐变成衰晚，鸾镜朱颜惊暗换”，人老了，心也老了，猛一照镜子，看到了一张陌生的老脸，青春就这样一去不返了。随后接上的是“昔年多病厌芳尊，今日芳尊惟恐浅”，当年身体不好，不愿意多喝酒，如今老了，再不抓紧享受就没机会享受了，有好酒就赶紧喝吧！

12.6

留取待春深

——欧阳修《望江南》

江南柳，
叶小未成阴。
人为丝轻那忍折，
莺怜枝嫩不胜吟。
留取待春深。

十四五，
闲抱琵琶寻。
堂上簸钱堂下走，
恁时相见已留心。
何况到如今。

这首小词温柔委婉、曲折动人，而它的背后却是一件蕴涵杀机的北宋官场大案。

事情是这样的：一名张姓女子嫁给了欧阳晟，却与欧阳晟家的男仆私通。奸情败露后，竟然见了官，由开封府进行审理。据时人的记载，张氏一来害了怕，二来很希望获得宽大处理，就主动交代罪行，不单是这次的作风问题，把以前的作风问题也交代出来了，说自己没嫁人的时候就和舅舅有过一腿，但这也不怪自己，因为自己那时候寄居在舅舅家里，too young, sometimes naive。

此言一出，听者大哗，原来这张氏的舅舅可不是一般人物，正是大名鼎鼎的欧阳修！

面对着“和外甥女通奸”这样重大的乱伦丑闻，欧阳修不得不为自己辩解，交代了以下内容：欧阳修有个妹妹，当初作为续弦嫁给了张龟年，张龟年和前妻有过一个女儿，就是后来打官司的这位张氏。张龟年死得早，欧阳氏便带着继女住到了哥哥欧阳修家，后来等这女孩子长大，欧阳修便把她嫁给了堂侄欧阳晟。

欧阳修的辩护词透露给人们两个信息：一是这个外甥女和自己并不存在血缘关系，二是外甥女寄居到自己家的时候只有七岁，自己再怎么风流倜傥，也不会和七岁的小女孩发生什么。但是，听了这番辩解，有个叫钱勰的官员冷冷一笑：“这不正是学簸钱的年纪么！”

簸钱是那时一种掷钱赌赛的游戏，在小孩子当中很流行。钱勰拈出这个话来，是找到欧阳修的这首《望江南》作为罪证，词中有“堂上簸钱堂下走，恁时相见已留心”，说一个小女孩堂上堂下地跑着在玩簸钱的游戏，词中的主人公（一定就是欧阳修了）看到这番情景，禁不住色心大动。

这首《望江南》究竟是什么意思？我们仅从字面上看，虽然看不出具体的人名、地名的背景资讯，但不得不承认这里实在有几分恋童癖的意思。上片开头“江南柳，叶小未成阴”，以柳树为喻，说柳树还小，叶子幼嫩。接下来“人为丝轻那忍折，莺怜枝嫩不胜吟”，还是在说柳树，因为柳枝幼弱，人不忍心攀折，就连黄莺也怜爱那幼弱的柳枝，怕它禁不住自己的啼鸣。下一句很关键：“留取待春深”，意思很明显：柳枝这么幼弱，让人虽生爱恋而无法攀折，应该怎么解决这个问题呢？答案是：再等等，等到春深时分，柳枝长得成熟些了再下手。

下片从喻体转入本体，而且从文学技巧上非常巧妙的是，上片明写柳而实写人，写小女孩年幼可人的样子，下片竟是沿着这个时间脉络接着写的："十四五，闲抱琵琶寻"，这是在说当下，春深的时间已到，小女孩已经长到十四五岁，长大成人了。在古代，女孩子十四五岁就已经到了嫁人的年纪了。接下来是一个倒叙，从女孩子十四五岁"闲抱琵琶寻"的样子回忆起了她小的时候，那时在玩着簸钱的游戏，"堂上簸钱堂下走"，于是"恁时相见已留心"，是说自己当初才一见到这个簸钱的小女孩便已经对她留上心了。煞尾处来了一句"何况到如今",感慨一声，意思是说：多年前这女孩"叶小未成阴"的时候我就对她很留心了，何况现在呢！

这事还复杂起来了。按照官官相护的传统规则，别说欧阳修此案尚且存疑，就算是板上钉钉了，也不会把他怎么着。但一群人借此机会猛打欧阳修，原因照例很简单：欧阳修得罪过这些人。老百姓看不到这些背后的东西，得知大官欧阳修因为乱伦问题被严肃处理了，还真以为朝廷纲纪严明呢，哪能想到这背后无非是人事斗争、派系斗争而已。犯错误是不怕的，怕的是被政敌抓住把柄。

那么，欧阳修和他的外甥女到底有没有这么一腿？这很难说。一番波折之后，欧阳修被处理了，但没被严肃处理，只是被贬官滁州，这才有了大家都很熟悉的那篇《醉翁亭记》。在写下潇洒的《醉翁亭记》之前，欧阳修还写过一篇不那么潇洒的文章，叫做《滁州谢上表》——按规矩，被贬官了还要向皇上致谢，谢圣上的不杀之恩——表中又狠狠地为自己的私生活问题申辩了一回。

但是，《望江南》的证据就在眼前，这该怎么解释呢？——其实词中并没有交代得那么具体，从中只能看出词作者确实有些恋童癖的倾向，至于词中的女孩子到底是谁，这是无迹可寻的。

世上无难事，只怕有心人。这首词不够，有人又找出了欧阳修的另一首词——《南歌子》：

凤髻金泥带，龙纹玉掌梳。走来窗下笑相扶，爱道画眉深浅入时无。

弄笔偎人久，描花试手初，等闲妨了绣功夫，笑问双鸳鸯字怎生书？

这是一首花间风格的妙词，到明代被擅长鸳鸯蝴蝶笔法的王彦泓化用，写成了一首《湘灵》：

戏仿曹娥把笔初，描花手法未生疏。

沉吟欲作鸳鸯字，羞被郎窥不肯书。

曹娥是东汉孝女，时人曾经为她刻石立碑。传说蔡邕在一天晚上瞻仰曹娥碑，天黑看不清字，便用手抚摸碑文而读，读罢后在碑阴处题了八个字："黄绢幼妇外孙齑臼"，这是个文字游戏，意为"绝妙好辞"。王彦泓的"戏仿曹娥把笔初……"是描写一位闺中女子，她戏仿着曹娥碑的笔意，想要写些情语，却怕被爱侣看见取笑，故而几多羞涩，欲书不书。

到了清代，王彦泓的成句再被化用，这就是纳兰容若的《临江仙》：

点滴芭蕉心欲碎，声声催忆当初。欲眠还展旧时书。鸳鸯小字，犹记手生疏。

倦眼乍低缃帙乱，重看一半模糊。幽窗冷雨一灯孤。料应情尽，还道有情无。

从诗词的这番辗转传承来看，王诗直接取自欧词的下片，欧词描绘的也是一番闺中之乐：女子依偎着情郎，把笔管摆弄了好久却也没有写下什么，可是，女孩家写什么字呢，这本该是练习刺绣女工的时候呀，一写字岂不耽误了这些正事？但女子哪还有心刺绣，只是持笔笑问情郎："'鸳鸯'两个字怎么写呀？"——当初张敞为妻子画眉，这事被汉武帝拿来取笑，张敞半开玩笑地辩解说："闺中之乐还有比画眉更过火的呢。"看来写鸳鸯字该算是"更过火的"其中一项了。

单纯谈论诗词，很有一番审美享受，但要把诗词落实到实事上，可就未必是好事了。欧阳修这首《南歌子》被人读出了这样的意思：这首词说明了有一个很讨人喜欢的女孩子就住在欧阳修的家里，两人的关系非同一般。

欧阳修的罪名似乎快被凿实了，但也有人提出异议，说那首《望江南》不是欧阳修写的，而是被他得罪的人特意编排他的。但是，这种质疑迄今也仅仅停留在质疑的程度，无法找到有力的证据。欧阳修的词集里确实没有这首词，但有一个原因无法忽视，就是编辑词集的时候删除了不少这类涉嫌"轻浮"的作品，以维护欧阳修一代宗师的形象。

而在欧阳修亲手编订的《琴趣外篇》里却收了这首词，这是否可以作为证据，我们就需要知道《琴趣外篇》的性质。《琴趣外篇》确实收录了不少欧阳修自己的词作，但也不著作者姓名地收录了五代以至北宋的一些民间歌词和其他士大夫的词作，比如晏殊、张先、柳永的词便赫然在目。这样一部集子乍看起来体例怪异，实则这正表现了北宋士大夫的生活的一种时尚：编选这样的集子不是为了让自己的作品传世，而是作为歌本让家伎或者相熟的歌伎演唱。这在北宋本是常情，但到了南宋，欧词的商业价值显露之后，就有书商伪造加工，把别人的一些词作以"铁证"冠在欧阳修的头上。——了解了这样的来龙去脉，这首《望江南》能否被证实或证伪为欧词，越发没有头绪了。而书商造假的传统却自千年之前一直流传下来，我很少发现现代社会的造假手法有哪些是古人没用过的。但较真的工作永远只有专家在做，普通读者并不苛刻，一方面没有足够的辨别力，对阅读的要求又不很高，很喜欢接受美丽的谎言，另一方面大约也能体谅到造假者谋生的不易吧。

说些后话：这首《望江南》就算词集未录，知名度也将越来越大，因为金庸修订《射雕英雄传》时把这首词作为一条重要线索加进了书中。原本第十回“冤家聚头”在新版里被改作“往事如烟”，增加了梅超风回忆桃花岛生活的很多内容，正是这首小词让梅超风看得“脸上热了，一颗心忽然怦怦怦地乱跳”：

他（曲灵凤）常拿师父抄写的古诗古词来教我。“堂上簸钱堂下走，恁时相见已留心，何况到如今。”这几句词，是师父潇洒瘦硬的字体，用淡淡的墨写在一张白纸签上。曲师哥一声不响地放在我正在书写的练字纸旁。我转过头来，见到他神色古怪，眼神更是异样。我轻声问：“是师父写的？”他点点头，又拿一张白纸签盖在第一张纸签上，仍是师父飘逸潇洒的字：“江南柳，叶小未成荫。十四五，闲抱琵琶寻。恁时相见已留心，何况到如今。”我脸上热了，一颗心忽然怦怦怦地乱跳，我心慌意乱，站起来想逃走，曲师哥说：“小师妹，你坐着。”我又轻轻地问：“是师父作的词？”曲师哥说：“是师父写的，这是欧阳修的词，不是师父作的。”我舒了一口气，松了下来。

曲师哥说：“据书上说，欧阳修心里喜欢他的外甥女，作了这首词，吐露了心意。他见到十二三岁的外甥女，在厅堂上和女伴们玩掷钱游戏，笑着嚷着追逐到阶下天井里。欧阳修见外甥女美丽活泼、温柔可爱，不禁动心。后来外甥女十四五岁了，更好看了，欧阳修已是个五十来岁的老头子，他只好‘留心’，叹了口气，做了这首词。后来给人见到了，惹起了挺大风波。欧阳修那时在做大官，道德文章，举世钦仰，给朝里御史们大大攻击。其实，他心里赞他外甥女小姑娘美貌可爱，又没越礼

欧阳修作为北宋诗文革新运动的领导者，尤喜奖掖后进，苏轼父子及曾巩、王安石皆出其门下。他的诗、词、散文均为一时之冠。其词深婉清丽，承袭南唐余风，在宋初的词坛上占了一席重要的位置。他创作了很多词，内容大都与“花间”相近，主要内容仍是恋情相思、离情别绪、酣饮醉歌、惜春赏花之类，并善于以清新疏淡的笔触写景。由于作者对事物体察入微，看似随意写出，却是无限传神，没有炉火纯青的工夫，是不能达到这种境界的。

乱伦，作诗歌过分一点，也没什么大不了。不过，师父为什么写这首词，写了一遍又一遍的？”他左手中执着一叠白笺，扬了一扬，每张笺上都写着“恁时相见已留心，何况到如今”。他问：“小师妹，你懂了吗？”我摇摇头，说道：“不懂！”他凑近了一点，又问：“你真的不懂？”我摇摇头。他笑了笑，说道：“那你为什么要脸红？”我说：“我告诉师父去。”……

金庸用这首词来说明黄药师和梅超风之间存在着恋童癖式的隐隐情愫，但文中曲灵凤的解释显然不对，“其实，他心里赞他外甥女小姑娘美貌可爱，又没越礼乱伦，作诗歌过分一点，也没什么大不了”，而词意完全不是这么回事，老牛吃嫩草的意思是很明确的；再有，曲灵凤对“留心”的解释也是错的，欧词的“留心”是“惦记”的意思，就是“不怕贼偷，就怕贼惦记”的那个“惦记”，是说词作者在那女孩子还很小的时候就已经对她“惦记”上了，至于“后来外甥女十四五岁了，更好看了，欧阳修已是个五十来岁的老头子”，说得也不对，因为案件发生的时候，欧阳修也不过三十九岁。

最后作个总结。纳兰容若列举这些小词，从越娘到欧阳修，要说明的是什么？我们看越娘的词，从艺术水准来说没什么可取之处，张先的还算佳作，宋祁和欧阳修的虽然也不错，但都不是各自最顶尖的作品，但是，每首词的背后都有一段情色故事，而个人私语化的情的表达才应该是词的正根。这是容若一个革命性的意见。如果我们追溯一下词的发展脉络，会发现五代时期萌芽状态的词多是戏谑式的情色之作，到了北宋，柳永发展慢词，走出了迎合小市民趣味的一路，再后来又有苏轼以诗为词的创作，消弭了诗与词的界限，似乎诗与词之别只有句式长短的不同了。那么，词作为一种独特的艺术形式，它的自性是什么？

用佛家的语言追寻“自性”这个概念，这是敏感的创作者势必会遇到的问题。在容若那里，诗的语言应该一如传统那般是公众化的，而词的语言应该走向私语化。这其实也是西方现代派的诗人和文艺理论家们所面临的问题：古典的神圣光环已经掉在地上，摔碎了，私语的艺术取而代之，因为其语言私人化的倾向，导致了作品更加注重传达作者的私人情感，也为陌生的读者造成了许多阅读障碍——如果要举一个容易理解的例子，李商隐的诗就是这样的，而在他那个时代的主流观念里，诗歌是不应该这么写的，是不应该为了私人化的情的需要服务的，所以李商隐不得不遮遮掩掩，诗题多用“无题”，这既有私语化的需要，也有对时代观念的顾虑。而在容若这里，观念上更加大胆了，认为词理所当然地应该走上这条道路，不必再以“无题”来作遮掩。这里出现的是作为一名文艺理论家的纳兰容若，是被我们许多人忽视了的形象。

13. 一川烟草，满城风絮，梅子黄时雨

——贺铸《青玉案》

凌波不过横塘路。
但目送，芳尘去。
锦瑟年华谁与度？
月台花榭，
琐窗朱户，只有春知处。

碧云冉冉蘅皋暮。
彩笔新题断肠句。
试问闲愁都几许？
一川烟草，满城风絮，
梅子黄时雨。

【词人小传】贺铸（1052—1125），字方回，号庆湖遗老，卫州共城（今河南辉县）人。贺铸的家谱很风光，他是宋太祖孝惠皇后族孙，娶的是大宋宗室之女，但仕途不太顺，先做武官，后来弃武从文。贺铸工于词，有《庆湖遗老集》和《东山词》。

这首词是贺铸词中的第一名篇，但词的主旨到底是什么，曾经有过两种意见。一是说这首词是《离骚》那样的作品，用美人香草来咏怀，隐喻词人自己政治上的

不得意；二是说这纯粹是为爱情而作的，而且贺铸所爱的对象也可以被钩沉得出来。

我们沿着第二种意见，确实会稳妥一些。词的首句“凌波不过横塘路”，显然化自曹植的《洛神赋》，洛水神女“凌波微步，罗袜生尘”，媚惑到无以复加，贺铸也遇到了这样一位迷人的女子，而她却没有在横塘停留。

“横塘路”是一个具体的地名，江南水乡叫横塘的地方很多，但这个横塘应该就在苏州，贺铸在这里有一栋别墅，名字叫做“企鸿居”，大约意味着自己对那位如洛神般翩若惊鸿的美女的无限期盼吧。贺铸虽然如此深情企慕，那女子却还是走了，贺铸只有“但目送，芳尘去”，远远望着她的离去，依依不舍却无可奈何。

远去的芳尘成为久远的记忆，如同山坡的青草保留住野兔躺过的压痕，贺铸只好面对回忆与背影展开八卦式的想象：美女呀，你的大好青春到底是和谁一起度过的呀？——“锦瑟年华谁与度”，这个问题化自李商隐的名篇《锦瑟》，但这里有个细节值得留心一下：李商隐说“锦瑟无端五十弦，一弦一柱思华年”，这是从锦瑟的五十弦联想到年华的五十岁，贺铸化用这句诗，难道暗示着他所企慕的对象是一位五十岁左右的大龄美女吗？

答案是：以“锦瑟年华”形容美女的年纪是没错的，但具体数字应该减半，因为传说中泰帝让素女鼓五十弦瑟，越听越悲伤，几乎无法自拔，便把原来五十弦的瑟改成了二十五弦的。现实中的瑟既有二十五弦的，也有二十三弦的，所以“锦瑟年华”应该比喻出这位女子正是二十多岁的年纪——这在古代绝对要算大龄女青年了。在这个年纪上，良家妇女早该结婚生子了，贺铸再写这种小词难免有不道德的嫌疑，由此推测女主角的身份：九成是位歌伎。

“锦瑟年华谁与度”，贺铸提出了这个问题，心里自是希望“锦瑟年华我与度"，而他给出的答案却是"月台花榭，琐窗朱户，只有春知处"：月台、花榭、琐窗、朱户，都是想象中的富贵闺门景象，自己进不去，摸不了底，能进到这个隐秘世界里的只有春风，于是"锦瑟年华谁与度"这个问题的答案是"只有春知处"。

这一问一答，确实容易让人产生丰富的联想，我们也可以理解成：最隐秘的内心世界无人能晓，乃至一颗为国为民、无私无邪的赤胆忠心总遭误解，只有天地可鉴，这种歧义空间也正是诗歌的魅力所在。

而另一方面，这句词似乎为我们提供了一个线索：被贺铸惦记上的这个女子应该不是歌伎，而是某位富家小姐，如果是歌伎的话，她这时候肯定也是嫁入豪门了，所以让贺铸产生了侯门深似海的慨叹。之所以这么说，是因为"朱户"可不是普通的东西。在"琐窗朱户"这句里，"琐窗"是指青琐窗，是在窗格上镂刻连琐文，再涂以青色；"朱户"可不得了，古代诸侯与权贵所接受的最高等级的封赏是所谓的九锡，凡出现加九锡的情况，一般就离篡位不远了。"锡"通"赐"，也就是赐给九种东西，其中第六种就是朱户。后世把达官显贵的门庭称为朱户，源头就在这里。"朱门酒肉臭"的"朱门"也是这个意思。所以，贺铸的"琐窗朱户"如果说是描写某位歌伎的美丽居所，这在古代是讲不通的。

下片照例有个转折。"碧云冉冉蘅皋暮"，佳人已去，满眼空芜；"彩笔新题断肠句"，贺铸自比彩笔，在这样一个悲伤的时节题写下断肠的诗句。最后一问很有意思："试问闲愁都几许"，说的是"闲愁"，实际却完全不是晏殊那样的富贵闲愁，而是实实在在的为情所困、为情所愁。说是"闲愁"，显然是自欺欺人，却在这个刻意自欺欺人的、刻意低调的词汇里表现出一种高调的伤痛。——这是诗歌里一种特殊的技法，一个典型的例子是 Robert Frost 歌颂祖国的那一名作：

The land was ours before we were the land's.
She was our land more than a hundred years
Before we were her people. She was ours
In Massachusetts, in Virginia,
But we were England's, still colonials,
Possessing what we still were unpossessed by,
Possessed by what we now no more possessed.

Something we were withholding made us weak
Until we found out that it was ourselves
We were withholding from our land of living,
And forthwith found salvation in surrender.

Such as we were we gave ourselves outright
(The deed of gift was many deeds of war)
To the land vaguely realizing westward,
But still unstoried, artless, unenhanced,
Such as she was, such as she would become.

歌颂祖国，我们的习惯是喜欢用大词，所以看到 Frost 这种风格作品会感到很难接受，尤其在最后他说这个国家是“But still unstoried, artless,unenhanced,/Such as she was, such as she would become”，而这正是最有艺术张力的地方。贺铸使用“闲愁”一词，这个手法历来不大为人注意，甚至有注本说“闲愁”就是“情愁”，是爱情带来的愁绪，这是没有道理的。

贺铸问出了“试问闲愁都几许”，自问自答，答案便是最有名的那句“一川烟草，满城风絮，梅子黄时雨”，这就是说：我的愁绪到底有多少呢？就像一片原野上隐现在风烟雾气中的青草，就像满城中随风飘飞的柳絮，就像梅子黄了的季节里无休无止的雨滴。

根据宋人的记载，贺铸这句词一出，大家都深深佩服。我们就得问一下：大家为什么会佩服？这一句为什么会传为名句？纳兰容若给出的解释是：这不仅仅是因为比喻精妙，更是因为这样的手法是前代文人没用过的。

我们看贺铸以前的诗词，典型如李煜的“问君能有几多愁，恰似一江春水向东流”，是一问一答的形式，而贺铸用到的形式却是一问三答，三个答案用排比的手法堆砌出来，使感染力层层递进，而又不会使人把比喻仅仅局限在一对本体和喻体之间，这就使词句的意境更加朦胧，更加耐人寻味。

这样的形式，本来是一种民歌体，但贺铸成功地把它化作了文人诗词的语言，洗尽了原本的俗气，而《青玉案》这个词牌也恰好能够满足这样的一种修辞。

这首词在当时便轰传海内，黄庭坚甚至专门有一首诗说：“少游醉卧古藤下，谁与愁眉唱一杯。解道江南断肠句，只今惟有贺方回”，其时秦观刚死，黄庭坚把贺铸推为婉约沉郁风格的词坛第一人。

当时还有一众文人高手对这首《青玉案》争相步韵追和，实为北宋词坛一大盛事。步韵追和的作品，形式上受到很大的限制，韵脚都要用原作的字，不能变更。但诗词既然是带着镣铐跳舞，镣铐越多才越显舞者的功力；原作越强，才越显出和作的难度。这真是刺激了不少高手，著名的例子有苏轼的一首：

三年枕上吴中路。遣黄耳、随君去。若到松江呼小渡。莫惊鸥鹭，四桥尽是，老子经行处。

辋川图上看春暮。常记高人右丞句。作个归期天已许。春衫犹是，小蛮针线，曾湿西湖雨。

苏轼对他人的和作，常有超过原作的，但在这一例中，贺铸的原作实在太强，苏词虽好，究竟不能超越。其他宋人的追和之作以下也从《全宋词》中摘录而出作一陈列，由此可以想见贺铸这首《青玉案》在当时创造了多大的一场词坛盛事：

小篷又泛曾行路。这身世、如何去。去了还来知几度。多情山色，有情江水，笑我归无处。

夕阳杳杳还催暮。练净空吟谢郎句。试祷波神应见许。帆开风转，事谐心遂，直到明年雨。（李之仪）

涌金斜转青云路。溯衮衮、红尘去。春色勾牵知几度。月帘风幌，有人应在，唾线余香处。

年来不梦巫山暮。但苦忆、江南断肠句。一笑匆匆何尔许。客情无奈，夜阑归去，簌簌花空雨。（史浩）

银涛渐溢江南路。泛短棹、轻帆去。破块跳珠知几度。竹窗新粉，藕池香碧，应在云深处。

萧萧鹤发虽云暮。曾得神仙悟真句。久视长生亲见语。离愁扫尽，更无慵困，怕甚黄梅雨。（史浩）

三年牢落荒江路。忍明日、辄帆去。冉冉年光真暗度。江山舞助，风波有险，不是留君处。

梅花万里伤迟暮。驿使来时望佳句。我拚归休心已许。短篷孤棹，

绿蓑青笠，稳泛潇湘雨。（侯置）

宝林岩畔凌云路。记藉草、寻梅去。咏绿书红知几度。行云归后，碧云遮断，寂寞人何处。

一声长笛江天暮。别后谁吟倚楼句。匀面照溪心已许。欲凭锦字，写人愁去，生怕梨花雨。（程垓）

行人欲上来时路。破晓雾、轻寒去。隔叶子规声暗度。十分酒满，舞茵歌袖，沾夜无寻处。

故人近送旌旗暮。但听阳关第三句。欲断离肠馀几许。满天星月，看人憔悴，烛泪垂如雨。（黄大临）

千峰百嶂宜州路。天黯淡、知人去。晓别吾家黄叔度。弟兄华发，远山修水，异日同归处。

樽罍饮散长亭暮。别语缠绵不成句。已断离肠能几许。水村山馆，夜阑无寐，听尽空阶雨。（黄大临）

烟中一线来时路。极目送、归鸿去。第四阳关云不度。山胡新啭，子规言语。正在人愁处。

忧能损性休朝暮。忆我当年醉时句。（旧诗云："我自只如常日醉，满川风月替人愁。"）渡水穿云心已许。暮年光景，小轩南浦。同卷西山雨。（黄庭坚）

逢人借问钱塘路。我亦欲、西湖去。目送兰桡知几度。鳌峰浮玉，鲸波飞雪，正是潮来处。

海棠花下春将暮。缓唱新词味佳句。见说东君曾梦许。柏台冠豸，

金銮视草，便作商岩雨。（王之道）

年时江上垂杨路。信拄杖、穿云去。碧涧步虚声里度。疏林小寺，远山孤渚，独倚阑干处。

别来无几春还暮。空记当时锦囊句。南北东西知几许。相思难寄，野航蓑笠，独钓巴江雨。（冯时行）

青鞋忍踏江沙路。恨人已、骑鲸去。笔底骅骝谁与度。西州重到，可怜不见，华屋生存处。

秋江渺渺高台暮。满壁栖鸦醉时句。飞上金銮人漫许。清歌低唱，小蛮犹在，空湿梨花雨。（周紫芝）

参差弱柳长堤路。柳外征帆去。皓齿明眸娇态度。回头一梦，断肠千里，不到相逢地。

来时约略春将暮。幽恨空余锦中句。小院重门深几许。桃花依旧，出墙临水，乱落如红雨。（蔡伸）

五云楼阁蓬瀛路。空相望、无由去。弱水渺茫谁可渡。君家徐福，荡舟寻访，却是曾知处。

群仙应问来何暮。说与荣归锦封句。句里丁宁天已许。要教强健，召还廊庙，永作商岩雨。（杨无咎）

平生百绕垂虹路。看万顷、翻云去。山淡夕晖帆影度。菱歌风断，袜罗尘散，总是关情处。

少年陈迹今迟暮。走笔犹能醉时句。花底目成心暗许。旧家春事，觉来客恨，分付疏篷雨。（张元干）

如今去苏州，还能找到横塘这个地方，就在苏州西南，盘门之外，不远处是苏州名人唐伯虎的坟墓。苏州人范成大写过一首七绝，题目就叫《横塘》："南浦春来绿一川，石桥朱塔两依然。年年送客横塘路，细雨垂杨系画船。"江南水乡的景致和年年送客的心情，读来令人怅然。纳兰性德《于中好》有一句"人间所事堪惆怅，莫向横塘问旧游"，我在《纳兰词典评》里曾经讲到，这两句单拿出来作为贺铸《青玉案》的注解倒也贴切。

地名写入文学，也只有横塘这样的美丽名字才能显出诗意，而不假修饰的地名本身就足够让人向往的。记得以前读《伊豆的舞女》，忽发奇想：如果故事不变，书名改成《保定的舞女》，还会有那么多人喜欢吗?

22 空床卧听南窗雨，谁复挑灯夜补衣

——贺铸《鹧鸪天》

重过阊门万事非。
同来何事不同归！
梧桐半死清霜后，
头白鸳鸯失伴飞。

原上草，露初晞。
旧栖新垄两依依。
空床卧听南窗雨，
谁复挑灯夜补衣。

刚讲完贺铸的《青玉案》，再讲这首《鹧鸪天》好像有点煞风景，因为这是一首悼亡词，而且是宋代悼亡词中屈指可数的几篇作品之一。

首句“重过阊门万事非”，我小时候把“阊门”当成“娼门”，以为这是贺铸在回味并感慨自己的风流往事呢。“阊门”是苏州的西门，贺铸这里说“重过阊门”，意思是又回苏州了。贺铸把家安在苏州，一向感情甚笃的妻子也死在苏州，如今年过半百，回到苏州，大有物是人非之概。而这

一感慨最深处，便是“同来何事不同归”。

“同来何事不同归”，这是有情人之间非常普遍的一种慨叹。江淮名伎徐月英送别情人，有诗说：“惆怅人间万事违，两人同去一人归。生憎平望亭前水，忍照鸳鸯相背飞。”这是贺词的出处，或者是异时异地有情人之间的不谋而合。

“梧桐半死清霜后”，这里用到一个典故，源头应在汉代枚乘的《七发》，说龙门有桐，其根半生半死，如果砍下来做琴，其音色为天下之至悲。——这里出现了一个“天下至悲”的义项，而梧桐树又和连理枝搭上过关系，有人说这种树酷似合欢树，枝繁叶茂，互相交结。那么，连理枝如果“半死”，就可以比喻一对有情人中死了一个，所以“梧桐半死”就可以比喻丧偶，再加上那个“天下至悲”的义项，就更加令人难过了。贺铸的这首词，词牌也作《半死桐》，据说是作者自己改的，如果这样的话，这就相当于词题了。

“头白鸳鸯失伴飞”，这是一个非常巧妙的比喻。“头白鸳鸯”好像在说老鸳鸯，贺铸两口子确实也是老夫老妻，但鸳鸯天生就是白头的，既不关乎岁月，也不关乎感情，词人却偏偏把这个“无情”的白头特意点了出来，让人感觉这是“有情”的白头，读者若深究的话，却发现词人从没有说破这个手法。

这里再讲一个阅读诗词的小技巧：如果“梧桐半死”的典故你拿不准是什么意思，就可以从下一句“头白鸳鸯”推理出来。梧桐与鸳鸯对举，这在诗词当中的意思是相当明确的，比如唐代孟郊有诗“梧桐相待老，鸳鸯会双死”。——诗歌语言自成一个系统，只要多读，就会熟悉其中许多固定的套路。

下片起头“原上草，露初晞”，这也是一个很巧妙的修辞。这句话乍看之下是在描写实景，是太阳升起之后，原野上青草的露水刚刚干涸，下接“旧栖新垄两依依”，“旧栖”是旧居，“新垄”是新坟，但这既是实写，又是虚写：虚的一面是用汉乐府丧歌《薤露》的典故，用露水的干涸复湿润来反衬人死而不可复活。而“旧栖新垄两依依”一句同样既是实景，又是化用陶渊明诗“徘徊丘垄间，依依昔人居”。

结尾两句是在全词把感情层层烘托之后到达了一个高潮：“空床卧听南窗雨，谁复挑灯夜补衣”，如今独卧听雨，夜不能眠，想起妻子当初为自己挑灯补衣的平凡而深情的镜头，无限欷歔。

纯粹从技巧上说，这首词充分表现了贺铸精妙的化用工夫，典故虚实两用，读不懂其中用典的人也能领会到词人所要传达的意思，而若明白那些典故，对词意的理解则会更进一层。贺铸擅长这一手法，还写过一篇极好的《小梅花》：

缚虎手，悬河口，车如鸡栖马如狗。
白纶巾，扑黄尘，不知我辈可是蓬蒿人。
衰兰送客咸阳道，天若有情天亦老。
作雷颠，不论钱，谁问旗亭美酒斗十千。

酌大斗，更为寿，青鬓常青古无有。
笑嫣然，舞翩然，当垆秦女十五语如弦。
遗音能记秋风曲，事去千年犹恨促。
揽流光，系扶桑，争奈愁来一日却为长。

这首词通篇都是化用李白和李贺的成句，却独出心裁，自成一格。这个手法也是纳兰容若常用的，纳兰词里那些不着痕迹的用典与移植远比贺铸为甚。世人以为纳兰词以白描为长，明白如话，只是不求甚解罢了。

读过《青玉案》和《鹧鸪天》，大家应该会感觉贺铸就是琼瑶小说男主角的形象，如果算上他的出身——他是宋太祖孝惠皇后的第五代族孙，六代先祖被封为广平郡王——他就更是女生们自然而然的倾心对象了。再看贺铸的性情，最能为此提供线索的应该是他那首《踏莎行》：

杨柳回塘，鸳鸯别浦，绿萍涨断莲舟路。
断无蜂蝶慕幽香，红衣脱尽芳心苦。

返照迎潮，行云带雨，依依似与骚人语：
当年不肯嫁春风，无端却被秋风误！

这首词被前人评为婉约的典范，够优雅，够令人无端心醉。这样的贺铸该是多么地迷人！

但实情要复杂一些。贺铸虽然门第高贵，却应验着“君子之泽，五世而斩”的老话，属于高门广第之下的破落子孙，而且贺铸的相貌不但不够俊雅，甚至有点吓人。再者，贺铸是武官出身，很有些粗豪之气，这似乎使他很难融入重文轻武的宋代的士大夫行列。但他这粗豪的一面使他写出过同样类型的词作来，也算为宋词的豪放派奠定了一个基础。这一类作品的代表就是《六州歌头》：

少年侠气，交结五都雄。
肝胆洞，毛发耸。
立谈中，死生同，一诺千金重。
推翘勇，矜豪纵，轻盖拥，联飞鞚，斗城东。
轰饮酒垆，春色浮寒瓮。
吸海垂虹。

闲呼鹰嗾犬，白羽摘雕弓，狡穴俄空，乐匆匆。

似黄粱梦，辞丹凤。

明月共，漾孤篷。

官冗从，怀倥偬，落尘笼，簿书丛。

鹖弁如云众，供粗用，忽奇功。

笳鼓动，渔阳弄，思悲翁，不请长缨，系取天骄种。

剑吼西风。

恨登山临水，手寄七弦桐，目送归鸿。

这首词很像前些年流行的“沧海一声笑，滔滔两岸潮”，年轻人可以拿它激荡情怀，虽然从艺术角度来看并没有什么可取之处。我们从中看到了另外的一个贺铸，真难想象这《六州歌头》的作者和《青玉案》《鹧鸪天》的作者竟然是同一个人。

贺铸诗、词、文皆善。但后人评价，他的诗词高于文，而词又高于诗。其词刚柔兼济，风格多样，所以张耒赞为“盛丽如游金、张之堂，而妖冶如揽嫱、施之口；幽洁如屈、宋，悲壮如苏、李”。他融化前人诗句的技巧，堪与周邦彦比美。他的许多描写恋情的词，风格也是上承温、李等人，写得婉转多姿，饶有情致。贺铸的性格本近于侠，以雄爽刚烈见称于士大夫之林，因此他的爱国忧时之作的风格也大不同于从《花间》到北宋末的柔婉之调，显得豪放劲朗，慷慨悲壮。

15. 记得年时沽酒那人家

——仲殊《南歌子·忆旧》

十里青山远，
潮平路带沙。
数声啼鸟怨年华，
又是凄凉时候在天涯。

白露收残月，
清风散晓霞。
绿杨堤畔问荷花：
记得年时沽酒那人家？

【词人小传】仲殊（生卒不详），又称僧挥，俗姓张，安州（今湖北安陆）人，曾举进士，后来出家为僧，住在苏州承天寺、杭州吴山宝月寺，与文人士大夫多有交游。崇宁中，自缢而死。仲殊是宋代极少数以填词名世的僧人之一，甚至可以说是此中第一人，词集《宝月集》，不传。今有赵万里辑本。

这是一首清新可爱的小令，很有几分小资情调，作者仲殊却并非士大夫当中的什么雅士，而是一位和尚。所以，且不论词的主旨到底是什么，单是和尚填词这件事，就很让世人大跌眼镜。

对我的这个评论，有些人可能会觉得奇怪：古往今来有过很多的诗僧，甚至禅宗一度还流行过所谓悟道诗，以诗歌形式表明自己的悟境，交给大和尚审阅认可，如同现在的毕业论文，那么，和尚写诗岂不是再正常不过的么？

这倒都是实情，但是，和尚写诗在佛家系统内部本来并不是一件受到鼓励的事情，因为诗是一种强调形式美的语言，对一心修习佛法的僧侣来讲，这属于应当弃绝的世俗诱惑，所以早期的僧侣诗歌都是偈子，不以文采为能事，后来才逐渐经不起语言美的诱惑，一发而不可收拾的；二来，写写诗也就罢了，填词可就大逆不道了，毕竟诗和词在古人的眼里完全分属两途：诗是正经东西，词却是“不正经”的，尤其在花间传统弥漫的时代里，填词与修行更是水火不相容的。

儒家还有一个传统，叫做正名，这被孔子视为政治上的头等大事。儒家政治讲究等级秩序，所以名与实一定要相符才行，只有这样，各个阶层的人才能够各守本分、各安其位，社会才能稳定。也就是说，公仆就应该是大家的仆人，主人翁也就应该摆出主人翁的派头，共和国就应该是共和体制，民主也确实就是由公民做主，戏子就是卖艺的，妓女就是卖身的，商人就是赚钱的，和尚就是修行佛法的……试想一下，如果这一切的名与实全乱套了，戏子忙着卖身，和尚忙着赚钱，社会上的每个人既难以给自己定位，也无法给别人定位，当你进寺庙礼佛，面对一位高僧，你不知道礼节性的问候语到底是该夸他的佛法精神，还是该夸他生财有道的时候，这样的社会至少会让一些人（比如一些正统的儒家知识分子）感到无所适从了。

有些人不喜欢这样，不说别的，单说和尚写诗就很让他们看不惯。宋代有位孙元规，最不喜欢和尚，他在浙东做官的时候，有一次路过润州甘露寺，看到寺院里有很多题诗刻碑，非常恼火，命令寺僧毁去所有诗碑，只留下僧文灏的一首诗：本为向空宽病目，却因多见动闲心。

留下这句诗，果然大有道理：和尚们总要去深山荒野之类的僻静处修行，为的就是避免世俗的干扰，如果干扰多了，眼睛花了，佛心就容易让位给闲心了，六根便再也不能清净了。

任何宗教，发展时间越长、信徒越多，就越难保持纯洁性，所以，就像公平与效率是一对经典矛盾一样，纯洁与发展也是一对经典矛盾，佛教也不例外。到了宋代，随着佛教与儒家交往日深，儒家知识分子越来越喜欢谈佛论禅，仿佛非如此则不足以小资，僧侣们也越来越喜欢吟风弄月，甚至流行起以男女情事来证悟或明道。

至此，吟风弄月、谈情说爱，这在佛教系统内已经算不上标新立异、离经叛道了，能就这些主题写一手好诗的人也不在少数，但是，词仍然是一个禁区，涉足词坛的和尚终两宋之世屈指可数。

本篇要谈的仲殊就是这“屈指可数”当中的一位佼佼者。仲殊是湖北安陆人，本名叫做张挥，是读书人出身，甚至中过进士，这就保证了他儒家高知的必备素养。年轻的张挥很有些摇滚青年的做派，狂放不羁，不知道因为什么事情导致了夫妻反目，而他的妻子也不是什么善男信女，竟然在食物里下毒，险些就谋杀亲夫得手，而张挥靠蜜糖解了毒，虽然逃得一条性命，却终生不能吃肉。这个不能吃肉的人从此做了和尚，也不知道他到底是因为九死一生的经历而看破红尘，还是因为想给自己找一个天天吃素的好职业，但无论如何，张挥至少看上去不像是一位爱岗敬业的和尚。从此世间多了一位文化素养颇高的仲殊和尚，少了一个叫做张挥的摇滚青年。

云游的和尚似乎就是天生的旅游家，如果换成小资一点的说法，他们就是天生的行者，身无长物，在无穷的好山好水与穷山恶水的跋涉中进行着对大自然的审美工作，实现着生命的终极意义。当然，很有享乐主义倾向的仲殊和尚从没想过徒步穿越罗布泊或者攀登珠峰，和热衷于从事这类冒险项目的行者相比，仲殊和尚更像是跟着旅行团到卢浮宫门口拍两张照片就走人的那种标准的游客类型。仲殊和尚乐于游山玩水，也乐于交游，和当时的文化名人们诗酒唱和，不亦乐乎。苏轼就是仲殊的好友，仲殊自从靠蜜糖解毒脱险之后，从此染上了一个毛病：吃什么都得放蜜，这种独特口味使一般人很难和他吃到一起，只有苏轼能和他对嚼，还给他起了个“蜜殊”的外号。

苏轼对仲殊评价很高，说他心很宽，所以跟他一起玩很开心。仲殊是否真的心宽，从世俗的角度看也许是的，但如果考虑到他的和尚身份，他显然对滚滚红尘过于眷恋了些。这首《南歌子》就是这样，写得很生活化，小情小调的，很像是给丰子恺的那些小画配上的美文。

这首词题为“忆旧”，写的是云游的旅途中故地重游的一段感受。首句“十里青山远，潮平路带沙”，给出了一个远景，而这句话的高明之处在于：字面上只写景，没有写人，读者却分明把画中的那个人给读出来了。这就像一幅山水画，画的都是青山古木、冷叶寒云，没有生气，也不见人迹，却在一个不大起眼的角落里升起了一缕炊烟，这一人间烟火气的似乎不经意的显现便为这幅画起到了画龙点睛的作用。

接下来从无情的景转入有情的人，“数声啼鸟怨年华”，鸟儿的啼鸣自有鸟儿自己的意思，也许是为了求偶，也许只是清清嗓子，但词人偏说这啼叫声是“怨年华”，反正鸟儿也反驳不了。自然，真正“怨年华”的不是鸟儿，而是说这番话的词人，他看到此间的风景和自己当初来时并没有什么两样，所不同的只是自己这个看客比当年老了几岁。物是人非，岁月催人老，想一想就令人伤感。现在这个时间似乎也不太好，和当年一样“又是凄凉时候”，自己又浪荡到了这个远离家乡的地方，正因为突然涌起了行旅的乡愁，才会慨叹“在天涯”。

词的上片就这样结束，很难想象说出这种话的人竟然是一位和尚。对于出家人来说，佛心即是故乡，红尘即是天涯，游方便游方了，哪有那么多的委屈，竟然还说什么“又是凄凉时候在天涯”，分明是尘缘未了、六根不净，赶紧回寺院面壁几年才是正途。但从另一方面来看，对美景的喜悦之情、对年华易逝的慨叹、对故乡的眷恋，种种这些都是人之常情，不是说斩断就斩断得了的。古往今来，参禅念佛的人那么多，真正动机纯洁又修成正果的又有几个人呢？纳兰容若评价这节，说人之为人，总有一些东西可以看破，却难以割舍，于是总在最“不该”现出真情的地方真情流露，仔细想来实在令人无可奈何。

下片开始又在写景：“白露收残月，清风散晓霞”。这是清晨的景象：露水在晨曦下闪光的时候，残月在渐渐变亮的天空中消失不见了。——这里用到一个巧妙的修辞：露水在晨曦下闪光和残月在天空中的消失是两件各自独立的事情，词人却说残月的消失是被白露“收”去了；同在这个清晨，清风吹动，云霞散去，这个与“收”字对偶的“散”字却用得实实在在。

收尾处是全词的一处妙笔：“绿杨堤畔问荷花：记得年时沽酒那人家？”词人到了绿杨堤畔，看到荷花依旧，不禁相问：“嗨，荷花兄弟，还记得我吗？我当初到这儿买酒喝，曾经见过你的。”——这句里的“那人家”有个歧义，这既可以是词人自指，也可以是“哪人家”，如果取后一个意思，这句就是在说：“嗨，荷花兄弟，我记得上次来的时候这里有个小酒馆的，现在怎么找不到了？”在语法上，两个意思都能讲通，至于仲殊到底是什么意思，这就无从判断了。

仲殊不顾自己的和尚身份，喝酒买醉不但不加遮掩，反而大肆宣扬，酒店里想来也没有“禁止向出家人卖酒”的告示。这里值得注意的是“问荷花”三字，这既是夏天应景，也传达了更多一层意思——在诗歌语言里，花草树木的名字逐渐获得了一些固定的含义，比如仲殊要想表达孤高隐遁之情，那就该去“问菊花”；如果想表现傲然不群的气质，那就该去“问梅花”；如果想表达苍凉兴废，那就是“朱雀桥边野草花”。中国古典诗词虽然没有发展出日本动漫里那般复杂到变态的花语，但花的名字也不是可以随便乱用的。

仲殊最后这对荷花的一问，可以说给了整首词悲凉凄苦的情绪以一个活泼豁达的收尾，看来苏轼说他心宽的确说得没错。诗词的收尾处往往最能体现作者的性情，对于很多人来讲，如果开篇就是悲凉凄苦的词句，接下来肯定一发而不可收拾。月有阴晴圆缺，人有悲欢离合，在蜜罐里从生泡到死的人毕竟少之又少，但在"又是凄凉时候在天涯"之后情绪还能拔得出来，还能去"绿杨堤畔问荷花"，这就是豁达之人才能有的手笔了。对于学人来说，技术可以模仿，性情却是很难学来的。

对于那些不守清规戒律的僧人，大家称之为酒肉和尚，仲殊好在吃不得肉，所以只得了一个诗酒和尚。但他不但好酒，似乎还有些好色，在他一篇很花间的《柳梢青》里：

岸草平沙。吴王故苑，柳袅烟斜。雨后寒轻，风前香软，春在梨花。

行人一棹天涯。酒醒处、残阳乱鸦。门外秋千，墙头红粉，深院谁家。

值得注意的是词的下片，词人醉酒初醒，但见残阳之下，乱鸦纷飞。这本是一个苍凉的景象，拿来怀怀古倒很适合，但仲殊接下来的三句话却在这个本该怀古的景象下透露了自己作为一个诗情画意的和尚在酒醒之后的第一份关心："门外秋千，墙头红粉，深院谁家。"这是看到了不知谁家的院子，从秋千和花痕上揣摩着深深院落的那一分春意。如果不考虑仲殊的身份，最后这三句可以说是神来之笔，时人便极为称许，此语之于仲殊等于"大江东去"之于苏轼。

前边说过结语处最易见性情，这在仲殊的词里最能表现。他还有一首很有名的《诉衷情 · 寒食》：

涌金门外小瀛洲，寒食更风流。红船满湖歌吹，花外有高楼。

晴日暖，淡烟浮。恣嬉游。三千粉黛，十二阑干，一片云头。

这是在写杭州的一次寒食节，西湖上有满湖的红船，满湖的歌吹，最后的三句也是神来之笔："三千粉黛，十二阑干，一片云头"，仿佛是电影镜头的用法，从近景三千粉黛收到中景的十二阑干，再收到远景的一片云头，数字递减，视野渐远，层次分明，造成了余音绕梁的感觉。

但诗艺归诗艺，仲殊能写出满湖歌吹和三千粉黛来，这和尚显然做得太不称职了，所以时人对他也多有微辞。尤其是仲殊有一首口占的《踏莎行》，可算是犯了众怒。这首词是：

浓润侵衣，暗香飘砌。雨中花色添憔悴。凤鞋湿透立多时，不言不语恹恹地。

眉上新愁，手中文字。因何不倩鳞鸿寄？想伊只诉薄情人，官中谁管闲公事。

这首词有一个很特殊的创作背景。仲殊有一次造访苏州太守，正赶上一个女子手拿诉状站在雨中等着大人升堂。太守大人是个很有情调的人，也知道仲殊的才华，看着这位雨中的女子，让仲殊就着这个景儿来填一首词。面对着太守的请求，眼看着人民的疾苦，仲殊不辱使命，填了这首《踏莎行》，推想这女子是为情所困，这是来起诉她的薄情郎了。

仲殊这般豁达而有情趣的人后来不知因为什么而在一棵枇杷树上上吊自杀了，便有好事者拿他这首《踏莎行》来改了一改："枇杷树下立多时，不言不语恹恹地。"虽说这样嘲讽死者有失厚道，但也算天道好还、报应不爽了。作为词人的仲殊和作为僧人的仲殊，毕竟是两码事呀。

16 马滑霜浓，不如休去，直是少人行

——周邦彦《少年游》

并刀如水，吴盐胜雪，
纤手破新橙。
锦幄初温，兽香不断，
相对坐调笙。

低声问：向谁行宿？
城上已三更。
马滑霜浓，不如休去，直是少人行。

【词人小传】周邦彦（1056—1109），字美成，号清真居士，钱塘（今浙江杭州）人，元丰中为太学生的时候献了一篇弘扬主旋律的《汴都赋》，大受皇帝赏识，被任命为太学正，后来屡历宦海浮沉，先后被外派庐州教授，知溧水县，又被召还京城，任命为国子主簿。周邦彦最有名的职位是在徽宗时提举大晟府，管理中央直属的音乐机构。

周邦彦精通音律，这一点和柳永很像，词集有《清真集》，后人注本名为《片玉集》。

周邦彦精通音律，可以自制新声，擅长写一些曲折委婉的长篇巨制，这首短小的《少年游》却是他以清新巧妙著称的一个名篇。

这首《少年游》，如果仅从文字本身来看，是描写一对情人在秋夜相会，卿卿我我，缠绵悱恻。首句“并刀如水，吴盐胜雪”，说的是两个著名的土特产：并州的刀和吴地的盐。这两种东西都是当时的高级生活用品，是格调的象征。——并刀还好说，但吴盐为什么会是格调的象征，现代人就不大容易理解了。要知道，吴盐并不是老百姓炒菜用的粗盐，更不是现在厨房里袋装的加碘盐，而是一种非常精致的盐花。李白诗里有“玉盘杨梅为君设，吴盐如花皎如雪”，虽然有点语病，但也透露了一点吴盐的用途。懂烹饪的人会知道，如果想让一道菜甜一些，不妨加入少量的盐。古人吃橙子、杨梅这类东西，讲究的人会撒一些盐花来化解酸味，增加甜味。前些年北方人吃菠萝还很流行把削好的菠萝先用盐水浸泡一下。

吴盐在这首《少年游》的场景里是干什么用的，由下一句交代出来：“纤手破新橙”，是用来化解橙子的酸味的。全句上下文联系起来看，整句是说这对情人弄了一些新鲜的橙子，并刀是拿来剥皮的，吴盐是拿来调味的，橙子要吃新鲜的，并且是由那女子的纤纤素手轻轻剥开，几分旖旎，几分温存。

并刀、吴盐、新橙、素手，这四个意象并列，如果换成现代语境，就等于说这一对男女装备着 LV 的包、阿玛尼的休闲装、夏奈尔的香水，在高迪设计的一个宾馆房间里喝着 1963 年勃艮第的葡萄酒。

接下来“锦幄初温，兽香不断，相对坐调笙”继续凸显格调。换成现代语境的话，就是说这对男女随着夜幕降临、酒精加重，开始升温了，但升得很有格调，没急着软玉温香抱满怀，而是一个拉起了一把由四百年前意大利名师精心打造的小提琴，另一个假装成小泽征尔的样子在打拍子。

下片是一个非常巧妙的转折："低声问：向谁行宿？城上已三更。"上片把格调推到极至，接下来就该真枪实弹了，搞情调的时间实在太长，不知不觉就已经三更天了。这句"低声问"是女人的口吻，说现在已经这么晚了，不知道你要宿在哪里呢？——这话透露出这格调高雅的两位绝非善男信女。

下一句还是那女人的话："马滑霜浓，不如休去，直是少人行"，劝对方说一来天太晚了，二来路上不安全，再看看别人，哪有这个时间还出门的。——千万个理由归结为一句心里话："不如休去"，干脆你就别走了，就睡在老娘这儿算了。

纳兰容若对这首词评价很高，说周邦彦把度掌握得很好：如果再含蓄一分，就太文人了，表现不出那个情字；如果再露骨一分，就变成柳永了，就会有淫的嫌疑，难登大雅之堂。这样的内容正是词的本色正根，而周邦彦的这般写法便远远要比花间派为高了。

以上的解读是从文本本身入手，而历来传说这首词的创作有着一个颇为香艳离奇的背景：周邦彦和名伎李师师交好。一天晚上，两人正在李师师家，突然宋徽宗来了。这是一个很尴尬的三角关系的场面，周邦彦逃窜不及，便藏在了李师师的床下，有意无意地做了一个偷窥者。宋徽宗带来了江南新进的橙子，和李师师玩起了情调，丝毫没有注意到隔床有耳。事后，周邦彦不知出于什么心理，把偷听来的一段柔情蜜意隐括成词，写就了这首《少年游》。

此事还有后话：这首《少年游》确实写得极好，大得李师师的欣赏，但李师师也不知道是出于什么心理，竟然当着宋徽宗的面把这首词唱了出来。宋徽宗一听便知词中所写便是当日隐私，恼羞成怒之下问明了作者为谁，找个茬便把周邦彦贬出了京城。

事情到此还不算完。处置了侵犯隐私权的情敌之后，宋徽宗又找李师师去玩，谁知扑了个空，等了好久才见李师师回来。细看之下，但见李师师神情恍惚，似乎刚刚哭过的样子。一问之下，李师师赶紧请罪，说是今天周邦彦离京，自己去为他送行，这才耽搁了时间。宋徽宗听得气不打一处来，冷冷问道："这小子不会又填了什么词吧？"李师师答道："让您说对了，他今天又填了一首《兰陵王》。"

李师师唱出了这首《兰陵王》，其词是：

柳阴直，烟里丝丝弄碧。
隋堤上、曾见几番，拂水飘绵送行色。
登临望故国，谁识，京华倦客？
长亭路，年去岁来，应折柔条过千尺。

闲寻旧踪迹，又酒趁哀弦，灯照离席。
梨花榆火催寒食。
愁一箭风快，半篙波暖，回头迢递便数驿，望人在天北。

凄恻，恨堆积！
渐别浦萦回，津堠岑寂，斜阳冉冉春无极。
念月榭携手，露桥闻笛。
沉思前事，似梦里，泪暗滴。

这首《兰陵王》是周邦彦名篇中的名篇，也是长调中的绝佳之作，还是最见周邦彦独特风格的一首作品。宋徽宗毕竟是个文化修养极高的人，一听之下，竟然回嗔作喜，再舍不得放走这个才子，便召他回来做了大晟府乐正，这也算是慧眼识人、量才录用了。

这是一个美丽的故事，唯一的遗憾是不真实。但就像历史上很多不真实的事件一样，虽属虚构，却能够反映出当时真实的观念与社会风气。在当下这个虚构的故事里，真实的是：宋代对士大夫非常优待，即便像宋徽宗这样的昏君在对待士大夫的问题上也体现出一种雍容的气度，而周邦彦的大胆就更足以说明这一点了；另外说明的是，词作为一种文学形式在当时已经非常流行了，并且文人化、典雅化了；第三点是，李师师作为一名演艺明星，具有着一种独特的打通不同社会阶层的能力。

关于李师师，这里有必要多说两句。所谓必要，并不是说了解李师师其人对理解周邦彦的词会有多大帮助，而是要照顾大众读者的口味：揭一点明星隐私，八卦一点爱情绯闻，再从中总结出一两句貌似深刻的爱情箴言，再把这些东西以“文化”的嘴脸打扮出来，用貌似高雅的腔调来行媚俗之实，咳咳，就像很多成功人士早已做出来的典范那样。

宋人笔记里提到，李师师在当时的演艺圈里是个“角”——现在所谓的“角儿”其语源很可能就在这里——这个词背后的含义是：歌伎们是有一些比赛的，就吹拉弹唱这些当行本领同台较技，优胜者会被称为角伎。这有点像现在的超女大赛，李师师就是宋代的一位超女大赛获胜者。

宋代很多文人经常提到“师师”，比如秦观和晏殊的词里就有，看来大家对这个女子都很倾慕。但是，叫“师师”的人远不止一个李师师，这种取名方式是宋代汴京的一种风俗习惯，家里生了小孩先要到佛寺里镀一下金，因为佛门人物被俗称为师，所以这些孩子也往往被取名为师师。

李师师的住处在汴京的大梁驿，因为宋徽宗常去那里御驾亲征，李师师仿佛有国母之尊，住处便被戏称为师师府。师师府和大晟府相邻，大晟府的公务员们开会时常召李师师去助兴，双方来往频繁，而作为大晟府的头目，周邦彦和李师师有些交往也属必然。也就是说，《少年游》和《兰陵王》的那段传闻虽然不确，但捕风捉影的风和影还是有的。

宋徽宗微服出行，去找李师师，这事情确是有的。李师师一人而身兼明星与国母两角，一时无两。但有一个问题是：周邦彦他们和李师师相处，如果有了私情，就是犯了国法，要被严肃处置，可宋徽宗去李师师家是否仅限于谈诗论画、弹琴唱歌，这就不大好说了。

乐极生悲的是，小环境拗不过大环境，马上就到了靖康元年，金兵入侵，宋钦宗议和。金人作为胜利者，向宋朝索要大量的财宝和美女，宋政府为了筹钱动用了不少办法，其中之一就是把李师师的家给抄了。另一种说法是：李师师早就预见到了危机，在金兵未到之前就主动向宋政府上缴家财，破财来换平安。——从这里我们谈一谈“李师师的处世智慧”，毕竟权谋与励志也是很符合大众口味的。李师师处贵不骄、居安思危，知道自己的财富来路不正，早就招人嫉恨，一旦风向有变，不知道多少人要收拾自己呢，所以很有必要尽早地摆出姿态，低调做人才是正理。如果她恃宠而骄，恐怕就很难逃过靖康一劫了。但从另一方面讲，她是个活得很明白的人，把人情世故看得很透。然而，“有时候不了解本质的人，是快乐的。而能够假装不知道真相，不了解本质的人，却是幸福的”。

说到这里，细心的读者会发现一个疑点：金兵索要的不止是财宝，还有美女，李师师算是宋朝最出名的大美女，应该也被宋政府把人也强征了去送给金人呀。

的确，这种无耻的勾当宋政府确实做了，但李师师早就计划了逃跑，无奈伪军首领张邦昌更有心计，把李师师抓捕归案，送交金人。李师师虽然不是饱读圣贤书的士大夫，但在这个当口显示出了中华儿女的英雄本色，大骂汉奸，自杀殉国。

李师师的这个结局既感人至深，又耐人寻味，但这种说法很可能是靠不住的，只是时人出于对软骨头的士大夫们的鄙夷才编出了一个有气节的歌伎的形象来羞辱他们。事实上，李师师在家财被没或献出家财之后就成功地逃到了江南，同样流亡而来的士大夫们还有见过她的，甚至听过她唱歌。这时候的李师师虽然美貌仍在，毕竟已经过了演艺明星的黄金年纪，更因逃难与贫困而显出了几分憔悴。填词名手朱敦儒曾在一次宴会上听到李师师唱歌，感慨万千之下填了这样一首《鹧鸪天》：

唱得梨园绝代声，前朝惟数李夫人。自从惊破霓裳后，楚奏吴歌扇里新。

秦嶂雁，越溪砧。西风北客两飘零。尊前忽听当时曲，侧帽停杯泪满巾。

此时此刻，“李夫人”已经算是前朝人物了，“惊破霓裳”的典故虽然用得不大贴切，但李师师多少也近似于杨玉环的身份。曾经是中原歌舞，如今是吴歌楚奏，此情此景，正是“歧王宅里寻常见，崔九堂前几度闻。正是江南好风景，落花时节又逢君”。家国兴亡之际，逃亡的士大夫听到故国名优的音乐，总会写出这样的诗句来。

南宋初年，刘子翚在湖湘一带见到李师师，她仍在唱歌卖艺，不过这不是在汴京了，就像郭德纲到广州说相声一样，谁知道他是北方最红的艺人呢。刘子翚为我们留下了一首诗，记录了李师师唱歌卖艺的这个场面：

辇毂繁华事可伤，师师垂老过湖湘。
缕衣檀板无人识，一曲当时动帝王。

一个艺人的命运，背后是家国的命运；一个艺人的不幸，衬托出的是家国的不幸。李师师后来的遭遇就不大为人所知了，有人说是老大嫁作商人妇。国难中的名伶，还能求得什么更好的归宿呢？

当然，我们也可以对事情作另一种猜测，以使故事能有更多的读者：李师师在和大晟府的交往中，被周邦彦的才华深深折服了，她深深地爱上了他，而她向江南的逃亡只是选择用颠沛流离的生活来遗忘他，虽然这样会很辛苦，不容易幸福。

最后还要回到周邦彦来，他是两宋词风的发展中承上启下的一个重要人物。他的词不大易读，年轻人接受起来会有一些障碍，但是，需要花费岁月来欣赏的东西往往才是更优秀的。就连王国维，年轻时对周邦彦的词也不喜欢，上了年纪之后才深深地领略到其中的美丽。

17. 人如风后入江云，情似雨余黏地絮

——周邦彦《玉楼春》

桃溪不作从容住，
秋藕绝来无续处。
当时相候赤阑桥，
今日独寻黄叶路。

烟中列岫青无数，
雁背夕阳红欲暮。
人如风后入江云，
情似雨余黏地絮。

周邦彦的词以长调名世，以精工富丽著称，而这首小词写得也很有长调的佳处。

首句“桃溪不作从容住”，用到了一个很常见的典故：东汉时候，刘晨、阮肇进天台山采药，在桃溪边上遇到了两位美女，郎情妾意之下就住了下来。半年之后，这两位饱享艳遇的男人起了思乡之心，美女倒也体贴，指示给他们回乡之路，便由他们回去了。两人回到家里，才发现物是人非，现在住在家里的是自己的第七世重孙，这才知道自己遇到了仙女。再回山时，却

周邦彦被公认为是“（背）负一代词名”的词人，在宋代影响甚大。邦彦词多写男女恋情，咏物怀古，羁旅行役，内容较窄，境界不高。但在艺术创意上堪称大家，其词善于铺叙，即在写景抒情中渗入述事，造成另一境界，形成曲折回环，开阖动荡，抑扬顿挫之势。邦彦词音律严整，格调精工，多创新调。因此他被尊为婉约派的集大成者和格律派的创始人，开南宋姜夔、吴文英格律词派先河。

再也找不到自己的露水妻子了。

这段故事被文人用做典故，通常是暗喻艳遇。周邦彦说出“桃溪不作从容住”的话来，暗指自己也有过这么一段露水姻缘，却没能像刘晨、阮肇那样多住些日子，语气里似乎带了一些惋惜。

接下来的“秋藕绝来无续处”很有新意。藕作为一个意象，通常暗示着藕断丝连，但这里分明是说：虽然丝（思）还连着，但藕（偶）真是续不上了。往好听了说，这是有情人难成眷属；往难听了说，这是露水姻缘难再续。说一点能增加卖点的话，就是：痛彻心扉的爱情是真的，只有幸福是假的。那曾经以为的花好月圆……爱情只是宿命摆下的一个局。

“当时相候赤阑桥，今日独寻黄叶路”，这是一个流水对，上联点明当时相会的地点，下联是说如今刁德一又回来了，却已人面不知何处是，只剩自己孤零零。

赤阑桥，俞平伯引过一些前辈诗词，说明赤阑桥常与杨柳和春水相连，是春景的意象，而这里上联用赤阑桥，下联用黄叶路，是春景与秋景的对照，是一种很巧妙的修辞。由此推论，前两句一个“桃溪”，一个“秋藕”，也是春景与秋景的对照，这就更见修辞之妙了。

这个说法相当流行，但并不准确。葛胜仲有词“赤阑桥上揽清秋”，分明是说赤阑桥的秋景；陈允平有词“赤阑桥畔斜阳外，临江暮山凝紫。戏鼓才停，渔榔乍歇，一片芙蓉秋水”，也是写赤阑桥的秋景，而且陈允平这首词的题目叫做《西湖十景·南屏晚钟》，点明赤阑桥实有其地，就在杭州西湖。仇远还有一首《探芳信·和草窗西湖春感词》：

坐清昼。记步幄行春，短亭呼酒。怅湔裙香远，波痕尚依旧。赤阑桥下桃花观，寒勒花枝瘦。转回廊、古瓦生松，暗泉鸣甃。

山雨夜来骤。便绿涨平堤，云横远岫。细认沙头，还见有落红否。杨花自趁东风去，空白鸳鸯首。劝游人、莫把骄骢系柳。

这首词无论从题目看还是从内容看，赤阑桥为杭州一景都是再明确不过的，杭州到现在还有与赤阑桥相关的地名。如此，赤阑桥只是一个特定的地名，并不特别与春景相关，周邦彦提到这里，当是实有所指，他当初和意中人相会的地点就在这个杭州的赤阑桥上。

下片开始转折："烟中列岫青无数，雁背夕阳红欲暮"，这个转折实则是词人在赤阑桥、黄叶路凭吊旧情的时候突然间抬头远望所见到的景象，这就像电影镜头的一种常见手法：先以近镜头拍一个人在徘徊惆怅，这人忽一转头，弦乐合奏在背景音中响起，镜头一转，豁然一个远景，只见苍天夕阳、远山雾色。如果是改革片，这位领导干部在这一刻会结束思想斗争，毅然选择排除万难，不顾私利，坚定地站在党和人民一边。但周邦彦给的是一个琼瑶剧，男主角在远景映衬与弦乐烘托下发出的是一句落寞的爱情惆怅："人如风后入江云，情似雨余黏地絮。"

纳兰容若极爱这两句，说这一工整的对仗极尽比喻之妙。其实这两句要表达的意思说白了非常简单："人如风后入江云"，人没影了；"情似雨余黏地絮"，情还黏着无法脱身。一言以蔽之，就是藕断丝连。

其实越是流传广泛的诗词名句和成语，说的越是普通人都有过的一些感受，不过是表达得或优美、或豪放、或巧妙罢了。文人讲"画蛇添足"，老百姓讲"脱裤子放屁"，都是一个意思。如果找一句大家爱听的话说："在这个世界上，所有真性情的人，想法总是与众不同。"如果煞风景地说："真正与众不同的东西是不会流行起来的。"

周邦彦这首词告诉我们的是：为什么我们总是不懂得珍惜眼前人？因为在未可预知的重逢里，我们以为总会重逢，总会有缘再会，总以为有机会说一声对不起，却从没想过每一次挥手道别，都可能是诀别，每一声叹息，都可能是人间最后的一声叹息。

18

出墙红杏花

——魏夫人《菩萨蛮》

溪山掩映斜阳里。
楼台影动鸳鸯起。
隔岸两三家。
出墙红杏花。

绿杨堤下路。
早晚溪边去。
三见柳绵飞。
离人犹未归。

【词人小传】魏夫人是诗论家魏泰的姐姐，北宋丞相曾布的妻子，封鲁国夫人，擅长填词。朱熹曾说宋代女人能文的只有魏夫人和李清照两人。词作有周泳先辑《鲁国夫人词》。

这是一首寄远怀人的词。要抒情，先写景，上片四句全写溪边景色：有青山在掩映斜阳，有楼台倒映在水中，溪水流动，楼台的影子也跟着晃动，于是惊起了鸳鸯。——为什么惊起的是鸳鸯而不是别的？因为鸳鸯在这里具有起兴的意义，词人看见鸳鸯成双联想到自己的那口子仍在远方未归，相形之下顿显寂寞。

三、四句把镜头拉近："隔岸两三家，出墙红杏花。"山水画要画得妙，往往需要在对山水赋以大量笔墨之后，用一点人间烟火气来调剂一下，这两句的意义正是如此。而人气又与春光交融，这便着落在"出墙红杏花"上。纳兰性德特地把这句话摘引出来，说这是古往今来写杏花写得最好的一句。

这句话好在哪里呢？因为它恰恰把意思写在了将点破而尚未点破的那一点上，这是诗艺中最难把握、也最易出彩的地方。它将点破而尚未点破的那层意思到底是什么呢？就是大家都很熟悉的"春色满园关不住"。

大约因为叶绍翁的名句"春色满园关不住，一枝红杏出墙来"被收进了小学课本，所以大家都以为这就是"红杏出墙"的原始出处，而魏夫人这句"出墙红杏花"可比叶绍翁早着将近百年，而且写得更加含蓄蕴藉，不像叶诗非得画蛇添足地点明"一枝红杏出墙来"的原因是"春色满园关不住"，分明在抹煞诗句的想象空间的同时还在辱没着读者的智商。不过也正因为这个原因，叶诗被收进小学课本，让小朋友来学习，结果魏夫人的句子现在反而知者甚少了。

下片从"路"生出离别与回归的意象，而"路"与"溪"的依附关系又会加深上片的鸳鸯意象所要传达的含义。垂柳常常种植在水边的路旁，人们送行时习惯折柳道别，这又是一个离别与思念的意象。"三见柳绵飞"，古汉语在这种地方用"三"，一般都不是实指，而是指"多"，比如"三思而后行"意思是说"多想想再行动"，所以不能拘泥于实数。"三见柳绵飞"是说等了一年又一年，全词到此为止的七句话全是为了把最后第八句烘托出来："离人犹未归"。这样的写法，更显得思念之情真挚细腻，这就是修辞的巧妙之处。

这首词，写的是长年累月的离别和思念，但一点也没有辗转反侧、肝肠寸断的意思，相反，它不但冷静、优雅，甚至连那一点淡淡的忧伤都像是词人的一种审美体验。也许正像普鲁斯特说的那样："离别与重逢，是人生不停上演的戏，习惯了，也就不再悲怆。"

咳咳，这句话其实是张小娴说的，但我想换成普鲁斯特应该会提升一点品位吧，反正也没几个人认真读过普鲁斯特。这也许就像：大家都爱喝心灵鸡汤，但又觉得有点丢脸，所以，如果有人把这鸡汤装在古典文化的锅里，告诉大家这不是浅薄的心灵鸡汤而是深刻的古典文化，一定会很受欢迎的吧？宋词其实也需要这么讲，但是，在本书的收尾之前，我务必要求得大家的原谅：小女子经验不足，更要命的是，对某些东西的储备又远远不够，但我承诺，下一本书里我一定会多兑一些鸡汤的。

后记：怎样读懂诗词典故（一）

常有诗词爱好者请我解释一些诗词问题，或者评价一下他们的创作，我发现大家最头疼、也最想解决的主要有两个问题，一是格律，二是用典。所以我在写《纳兰词典评》的时候就想把这两个问题随文讲讲，但编辑坚决反对，认为格律是尤其不能讲的，否则会影响书的销售。

我很理解编辑的担心。虽然诗词之美一半因为内容，一半因为音律，但不讲也就不讲了。至于用典，想不讲也避不开，因为这是属于内容范畴的东西，不讲清楚的话，大家对诗词的内容就无法正确理解。编辑尽管同意这个看法，但仍然表示担忧，对我举例说，某某畅销的诗词赏析书很少讲解用典，讲起来也有不少错的，可见读者并不需要这些。为了对读者负责，我们需要多一些小资情调，多一些无病呻吟，多八卦一点古代狗男女的风流韵事，用一种唧唧歪歪地发骚的笔调写出来。对于愤青，我们要煽动民族主义情绪；对于小资，我们要把三鹿奶粉包装成哈根达斯；对于“二老”（老干部，老百姓），我们要扮出三姑六婆的气质……知识的真实性和深度永远是最后才应该被考虑进去的东西。

的确，会忽悠才是硬道理，这是一条颠扑不破的市场准则。我从来都不是一个自命清高的人，所以我已经向着这个方向作出了力所能及的最大努力。我深知，要想能卖，就得会脱。所以我甚至不介意采取“下半身写作”这种时尚的、饱含魔幻现实主义激情和解构主义精妙构思的创作方式，虽然我从没搞懂过这个词到底是什么意思。但是，在本书的最后，我还是希望能把那个“最后才应该被考虑进去的东西”稍微考虑一下，稍微讲一讲对典故的解读方式，毕竟这是一种可以让读者举一反三的方法论，大家看一看至少不会有什么坏处。当然，为了对读者负责，我会尽量把小资情调、无病呻吟、八卦精神和唧唧歪歪地发骚的笔调穿插进去。当我写到“动情处”的时候，请大家千万保持严肃。

怎样理解诗词典故，举一个最难的例子来说明，其他等而下之的就容易办了。前一段有朋友拿到一本书，是余英时前辈《陈寅恪晚年诗文释证》增订本，民国八十七年台湾东大初版，是余英时研究陈寅恪所有文章的结集。此书一出，余英时便告别陈氏研究了。余用两首诗代为序言，题为“读陈寅恪先生《寒柳堂集》感赋二律”。朋友发给我的就是这两首七律之一：

又谱玄恭万古愁，隔帘寒柳报残秋。
哀时早感浮江木，失计终迷泛海舟。
岭外新篇花满纸，江东旧义雪盈头。
谁教更历红羊劫，绝命犹闻叹死囚。

这是一首现代人写的旧体诗，自然没有注本可以依靠。诗中几乎句句用典，而且古典与今典并用，甚至一个典故本身兼具古典与今典两重含义，这是所有用典手法中最高明的一种，也是最难理解的一种。用这种手法写诗，古代的第一名家当推明清之际的吴梅村，现代当推余英时前辈这本书的研究对象陈寅恪。

这是一种极其高明、复杂的用典手法，它似乎耗尽了我生命中所有的激情和失望。使我丧失了大部分爱人的能力。感觉到自己的无能为力。可是无法放弃对自己的珍惜。这首诗在灵魂深处的美丽和寂寞，总是需要一个人来读懂。

要读懂这首诗，首先有必要把余先生的《陈寅恪晚年诗文释证》看过一遍，但遗憾的是我没看过，也买不到这本书。那么，仅仅出于对用典套路、古代典故的出处和陈寅恪生平与作品的一点了解，并且仅仅依靠百度作为检索工具，到底能够在多大程度上读懂这首诗呢？下面我就会试上一试。当然，完全读不懂也不是什么坏事，因为：有时候不了解本质的人，是快乐的。而能够假装不知道真相，不了解本质的人，却是幸福的。所以大家也不必有太多的期待，因为也许读书只是因为寂寞，需要找一本书来读，即使没有任何结局。

那么，我会写多长呢？不长。不会太长，我永远不知道永远到底有多远。所以下面我会一句一句地来作分析解释。

（1）又谱玄恭万古愁

A古典："玄恭"是一个人，大名叫归庄。"万古愁"是归庄的一部作品。大家即便不知道这些，从"谱"字上其实就能判断后边要跟一个作品名称作为宾语，所以"万古愁"是个作品名称的可能性很大，而作品名称前边的词语自然最可能就是这部作品的作者了，所以我们可以推断"玄恭"是个人名。有了这个基本判断，接下来百度一下就可以了：

归庄（1613—1673），一名祚明，性好奇，或称归藏，或称归妹，或称归乎来，或称悬弓，或称园公，尝僧装称普明头陀，江苏昆山人，移居常熟，昌世子，明诸生，与同邑顾炎武相友善，有归奇顾怪之目。文辞、书、画，奄有众长，墨竹入神品。善行草书，杨宾称其草书虚和圆熟，吴伟业亦盛称之。亦善大书。工诗。酒后悲歌，旁若无人。甲申（1644）后，野服终身，往来湖山，谈忠义者以庄为归。晚年寄食僧舍，非素交虽厚不纳。卒年六十一。著《悬弓集》《万古愁传奇》

B今典：陈寅恪《柳如是别传·缘起》里边有一首《咏红豆》，诗中有"纵回杨爱千金笑，终剩归庄万古愁"。这就是"又谱玄恭万古愁"最直接的出处。

C"万古愁"可以读出双关语的味道，既是归庄的作品名，又可以理解为陈寅恪像归庄写《万古愁》一样写作新书，还可以从字面"万古愁"上再作一层理解。这就把诗歌语言的歧义空间发挥到了极至，而且这三层意思每层都很贴切，没有一点牵强。这句诗解释完毕，就在这一瞬间，所有的符号和问题不翼而飞，屏幕上只剩下一片白雪茫茫的空白。

原来一切真的曾经有过。

原来一切都是空白。

（2）隔帘寒柳报残秋

A 古典：陈寅恪晚年治《柳如是别传》，把柳如是看做千秋知己，尤其喜爱柳如是的《金明馆咏寒柳词》，因此把自己的书斋命名为“金明馆”和“寒柳堂”。看来陈老先生也总是需要一些温暖的。哪怕是一点点自以为是的纪念。而柳如是也远隔百年岁月接过了陈老先生伸出的手。看，一个女子的寂寞就是这样地不堪一击，哪怕是一个早已死去多年的古代女子。如果一个男人对她伸出手。如果他的手指是热的，他是谁对她其实已经并不重要。

B 今典：陈寅恪《柳如是别传》：“寅恪尝论河东君之作品，应推此诗及金明池‘咏寒柳’词为明末最佳之诗词，当日胜流均不敢与抗手。”

C 柳如是那首“明末最佳的词”是这样的：

有怅寒潮，无情残照，正是萧萧南浦。更吹起，霜条孤影。还记得，旧时飞絮。况晚来，烟浪斜阳，见行客，特地腰瘦如舞。总一种凄凉，十分憔悴，尚有燕台佳句。春日酿成秋日雨。念畴昔风流，暗伤如许。纵饶有绕堤画舸，冷落尽，水云犹故。忆从前，一点东风，几隔着重帘，眉儿愁苦。待约个梅魂，黄昏月淡，与伊深怜低语。

柳如是被晚明名士与陈寅恪激赏的这首词也许表达了这样一个意思：痛彻心扉的爱情是真的，只有幸福是假的。那曾经以为的花好月圆……爱情只是宿命摆下的一个局。也许还表达了柳如是对自己感情经历的慨叹：像我这样的女人，总是以一个难题的形式出现在感情里。

D 陈明《谁解陈寅恪》：“陈氏以《寒柳堂集》名其诗文创作，与柳氏此咏寒柳词一样，自伤自悼之意甚明。可是，其伤其悼，又岂只是为个体生命之无寄而悲，实更为民族文化生命之花果飘零而长歌当哭也。”

这样的句子是诗词理解的道路中最能迷惑人的陷阱，因为它太像写实了，如果不了解背景资料的话，任谁都很难想到这是用典。

（3）哀时早感浮江木

A古典："浮江木"出自韩愈的《送李翱》：

广州万里途，山重江逶迤。
行行何时到，谁能定归期。
揖我出门去，颜色异恒时。
虽云有追送，足迹绝自兹。
人生一世间，不自张与弛。
譬如浮江木，纵横岂自知。
宁怀别时苦，勿作别后思。

这一典用得极妙，第一层意思表达了"人生一世间，不自张与弛。譬如浮江木，纵横岂自知"，是写陈寅恪，第二层意思表达了"广州万里途，山重江逶迤"，把地点、远隔的心情都交代出来了；第三层意思还有"宁怀别时苦，勿作别后思"的追念，这两层都写作者的心态。人生如同浮江之木，随波逐流而已。另一方面，陈寅恪大概是一只鸟。充满了警觉，不容易停留。所以一直在飞。

B今典：陈寅恪有一篇名文《论韩愈》，赞美韩愈的贡献。陈寅恪在一次争议中还曾经自比韩愈，把郭沫若比作段文昌，而对韩愈的赞美与自比还有更深的一层意思。黄乔生《陈寅恪〈论韩愈〉》一文写道："五十年代初，郭沫若邀请他到北京担任科学院中古历史研究所负责人。他不同意时兴的'先有马列主义的观点，再研究学术'的办法，提出要坚持自己的学术自由主张。在与劝说他赴任者的谈话中，他提到自己撰写的王国维纪念碑铭：'碑文你带去给郭沫若看。郭沫若在日本曾看到我的王国维诗。碑是否还在，我不知道。如果做得不好，可以打掉。郭沫若是甲骨文专家，是‘四堂’之一，也许更懂得王国维的学说。那么我就做韩愈，郭沫若就做段文昌……。我的碑已经流传出去，不会湮没。1954年《历史研究》创刊，向陈寅恪约稿时，他在第一、二期上发表了两篇文章，一篇是《论李唐之李武韦杨婚姻集团》，另一篇就是《论韩愈》。可见，他肯定赞美韩愈，除了对中华文化复兴和延续寄托希望之外，还有上述的现实原因：他反对举国尽是八股洋腔，生吞活剥马列主义术语。"

但是，陈寅恪反对归反对，坚持归坚持，在时代大潮之下难免也有一种无能为力和无可奈何的感受。因为伤口被肆意地展览。所以已经失去了疼痛。这一刻，陈寅恪觉得自己似乎有着对中华文化的复兴和延续的责任。也就在这一刻，他觉得原来他和时代潮流如此遥远。但他还是宁愿相信，中国的往事，只是为他和韩愈而曾经透明过。而他，会把这一些放在逐渐的遗忘中。包括他自己的无能为力。

（4）失计终迷泛海舟

A古典："泛海舟"，应该是《论语》里孔子说的"道不行，乘桴浮于海"。

B古典：应该和柳如是的丈夫钱谦益的那首《后秋兴》有关。钱诗如下：

海角崖山一线斜，从今也不属中华。
更无鱼腹捐躯地，况有龙涎泛海槎。
望断关河非汉帜，吹残日月是胡笳。
嫦娥老大无归处，独倚银轮哭桂花。

钱谦益这首遗民心态，认为中华已亡，外族入主中原。他非常眷恋旧朝，在新朝有一种无处安身的感觉。第七句“吹残日月是胡笳”，“日月”合起来就是“明”。钱谦益也是陈寅恪的主要研究对象之一，陈老是否也有近似的心态，不得而知。

C今典：大约是说陈寅恪没能渡海去台湾是为“失计”。那些离别和失望的伤痛，已经发不出声音来了。

（5）岭外新篇花满纸

这句我没看出用典来，也许就是平铺直叙吧，描写陈寅恪在岭南著书，纸上生花。陈老沉浸在自己的世界里，在他的心里潜伏着一个深渊，扔下巨石也发不出声音。我们现在可以在《陈寅恪文集》里看到陈老当年著书时的照片，他的头发美丽而哀愁，就像他的灵魂。

（6）江东旧义雪盈头

A今典：这句是套用陈寅恪《送朱少滨教授退休卜居杭州》的原句。

B古典和今典的并用：“江东旧义”是《世说新语》里的一个掌故，胡晓明《陈寅恪“守老僧之旧义”诗文释证》里谈到：

本世纪二十年代末，陈寅恪结束了陈三立老人所期望的“后生根器养蛰伏”的海外游学生涯，受聘于清华国学研究院任导师。本来，于时代、于他深厚积蓄的西学素养，这正是一个辉煌闪爆的时际。然而在他开设的《佛经翻译文学》上，他却提到了《世说新语》中一个有名的典故：

愍度（支愍度）道人始欲过江，与一伧道人为侣，谋曰：用旧义往江东，恐不办得食，便共立心无义。既而此道人不成渡。愍度果讲义积年。后有伧人来，先道人寄语云：为我致意愍度：无义那可立？治此计，权救饥尔，无为遂负如来也。（《世说新语·假谲篇》）

这样一个充满乱世沧桑之感的故事，确实很能投合陈寅恪的性情。我们可以肯定陈寅恪并不是偶然为上课而引用这个典故。因为后来在他的诗文中又一再提到这个典故，来抒发一份“知我者谓我心忧，不知我者谓我何求”的寂寞销魂意绪，以及“论学论治，迥异时流，而迫于事势，噤不得发”（《读吴其昌〈梁启超传〉书后》）的郁结，同时也正是表明他对于这个典故背后所蕴涵的深义有独到真切的感应。一九四〇年《陈垣明季滇黔佛教考序》中，又重新引述了这个故事，然后说：

先生讲学着书于东北风尘之际，寅恪入城乞食于西南天地之间，南北相望，幸俱未树新义，以负如来。（见《金明馆丛稿二编》）。

又据《陈寅恪诗集》：

渡江愍度饥难救（《残春》1938 年）

江东旧义饥难救（《由香港抵桂林》1942 年）

江东旧义雪盈头（《送朱少滨教授退休卜居杭州》1951 年）。

尤其值得重视的是，一九六五年《先君致邓子竹丈手札二通书后》云：

呜呼！八十年间，天下之变多矣。元礼文举之通家，随五铢白水之旧朝，同其蜕革，又奚足异哉！寅恪过岭倏逾十稔，乞仙令之残砂，守伧僧之旧义，颓龄废疾，将何所成！……益不胜死生今昔之感已。

C 我来把《世说新语》里“江东旧义”的典故翻译一下：

东晋时期，愍度和尚与一位北方僧人做伴，准备渡江南下。两人商量：到南方以后，咱们要是照原来的教义讲，恐怕混不到饭吃。怎么办呢？于是两人就发明了一种主张“心无”的新学说。

结果北方僧人耽搁下来没走，愍度和尚一个人到了南方，开讲新说，效果不错，一讲就是很多年。

后来北方有人来找愍度和尚，说：“当年那位北方和尚让我转告您：‘心无’之义怎么可能成立呢！当初咱们那么编，只是权宜之计，为了混口饭吃而已。现在既然吃上饭了，就别再讲这些了，不要违背了佛祖呀！”

（7）谁教更历红羊劫

“红羊劫”这种话虽然很多人都不知道意思，其实是最容易解决的问题，因为这明摆着就是用典，只要百度一下就可以了。以下转自百度贴吧：

“红羊劫”乃是一种历史谶纬之说。南宋理宗时，有一位算命先生柴望，以《丙丁龟鉴》上书提请朝廷注意：每逢丙午、丁未之年，社稷必有祸患。以天干“丙”“丁”和地支“午”在阴阳五行里都属火，为红色，而“未”这个地支在生肖上是羊，每六十年出现一次的“丙午丁未之厄”，后便被称为“红羊劫”。宋人最惨痛的记忆“靖康之耻”，就发生在丙午年（1126年）。据其统计，自秦昭襄王五十二年丙午（公元前255年），至五代汉天福十二年丁未（公元947年），共经历二十一次丙午、丁未之年，均发生了动乱或天灾。从五代到现在又过了一千多年，历史经过了若干个“红羊劫”，这些年代是不是都有动乱，没有作过统计。上一个世纪，中国经历过两个丙午、丁未年。二十世纪初期的丙午、丁未年间（1906年--1907年）正值辛亥革命爆发的前夕，是否算劫难，众说纷纭。我辈出生也晚，没有遇到过更多的“红羊”，但对唯一的丁未（1967年）记忆犹深，这是典型的、全球公认的、盖棺定论的“中华民族的大浩劫”！

简而言之，“红羊劫”是一种周期性发作的声势浩大的社会浩劫。它原来是很像我们去观望的一场烟花。它绽放的瞬间，充满勇气的灼热和即将幻灭的绚烂，我们看着它，想着自己的心里原来有这么多的激情。

后来烟花熄灭了，夜空沉寂了。我们也就回家了。

就是如此。

（8）绝命犹闻叹死囚

这句我一直没看懂，问了那位朋友，他的答复是：“我抄一下余先生‘绝命犹闻叹死囚’的注释：先生卒前不久被迫作口头交代，有‘我现在譬如在死囚牢’之语。”得到答案之后我很快乐，我的快乐都是微小的事情。又想到：原来问题就是这么简单！看来任何一件事情，只要心甘情愿，总是能够变得简单。

后记：怎样读懂诗词典故（二）

在解完这些诗之后，我自己也被撩拨得技痒，东施效颦、狗尾续貂地步韵和了一首。而且我也用同样的主题，并且模仿原诗的风格和用典手法，让大家在复习之外也能有一个宽慰自己的认识：看，掌握这种手法并不很难。读书是要举一反三的，要读得进去，还要能拔得出来。因为任何东西都可被替代。爱情，往事，记忆，失望，时间……都可以被替代。但是你不能无力自拔。

好了，下面就是我那狗尾续貂的步韵之作了：

野草闲花满地愁，杏坛谁解晋阳秋。

鸿词名入无双谱，左袒身成不系舟。

莫向监州言世事，且将青史说从头。

哪堪更历红羊劫，脱去南冠亦楚囚。

（1）野草闲花满地愁

A 这句诗从用典来讲比较迷惑人，因为它太像平铺直叙的写实了。说写实也没错，但在用典的层面上，它其实是照搬一首假托孔子的诗“将军战马今何在，野草闲花满地愁”。

然后百度一下就会知道：杏坛设教之事到底是从何而来呢？揆诸史记，记此事最古者，当属孔子四十七代孙孔传作于南宋绍兴年间的《东家杂记》，其中有《杏坛说》一文，略曰：

昔周灵王之世，鲁哀公之时，夫子车从出国东门，因睹杏坛，逡巡而至，历级而上。弟子侍列，顾谓之曰：“兹鲁将臧文仲誓盟之坛也。”睹物思人，命琴而歌。歌曰：“暑往寒来春复秋，夕阳西去水东流。将军战马今何在，野草闲花满地愁。”

B 用单独的“野草闲花满地愁”引起对“将军战马今何在”的联想，表达对陈老先生的缅怀，并将老前辈比作孔子，恭维一下。

这个“愁”是一种伤口，而伤口是别人给予的耻辱，自己坚持的幻觉。——如果你没有看懂这句话，那么恭喜你了，因为在这个世界上，所有真性情的人，想法总是与众不同。

C 这句诗的另一个功用是顺势带出下一句的“杏坛”。

（2）杏坛谁解晋阳秋

A 杏坛典故已见上文，切陈寅恪教书身份。在那般局势下，杏林诸弟子中谁得了孙盛阳秋的异本真传。

B晋阳秋，今典出自陈寅恪《赠吴雨僧》诗“孙盛阳秋存异本，辽东江左费搜寻”。

古典：参见朱弦三叹《“所南心史”与“孙盛阳秋”（续）》（天涯老帖）就《论再生缘》主旨在于表达“家国兴亡哀痛之情感”而言，它显然与陈寅恪先生《寒柳堂记梦未定稿》中“旧巢痕”有着某种对应性，这很可能是一直喜欢《再生缘》的陈氏到晚年突然对之大加赞赏的原因。而“再生”一语与陈氏诗中“他生重认旧巢痕”又可谓完全契合，因而则可以说在这种研究中寄托着陈氏对未来的沉痛之希望。由此可知，所谓“所南心史，固非吴井之藏”即指他对旧日士家再生的希望是完全超出了一个古代逸民的狭小恩怨，而“孙盛阳秋，同是辽东之本”则是指他在历史研究中所书写的中国文化之真精神，则是永远不应该被篡改的。

为避晋简文帝郑太后之讳，《春秋》也不得不改称为《阳秋》。东晋人孙盛《晋阳秋》，刘宋时檀道鸾又着《续晋阳秋》，都是因郑太后之故，书名中以“阳”字代替“春”字。连富春县也改成富阳了。

余英时《陈寅恪的学术精神和晚年心境》论及陈先生作于一九五三年九月的“孙盛阳秋海外传，所南心史井中全。文章存佚关兴废，怀古伤今涕泗涟”一诗，认为从中“可见他自始即以《论再生缘》为他个人的‘心史’，并有意使其稿流传海外”。此说似误解了用典的含义。据《晋书·孙盛传》，孙氏所撰“《晋阳秋》词直而理正，咸称良史”，其中如实记载了桓温枋头之战失利事，桓温要求删改，并威胁“若此史遂行，自是关君门户事”。孙盛诸子要父亲为全家百口计改动原作，孙盛不从，但“诸子遂尔改之”，孙盛就写了两定本寄往辽东以存其真。陈诗中的“海外”就古典而言即指辽东（陈诗中又称“辽海”），就今典而言则指蒋天枢工作所在地上海。《陈寅恪诗集》附“唐诗存”中也有一九五三年九月作的《广州赠蒋秉南先生》：“不远关山作此游，知非岭外赏新秋。孙书郑史今传付，一扫乾坤万古愁。”可见“孙盛阳秋”“所南心史”是已经托付而不是等将来写成后再托付。蒋氏《陈寅恪先生编年事辑》：“（一九五三年）九月，开始撰写《论再生缘》”。“（一九五四年）二月，《论再生缘》初稿完成”。因此诗中的“阳秋”“心史”只能指别的著作而不是才着手的《论再生缘》。余还联系《〈论再生缘〉校补记后序》也用孙盛阳秋事，断定两用此典说明“陈先生《论再生缘》初稿完成之后必曾直接受到政治压力，要他‘删改’原文”。实际上，《后序》中的“孙盛阳秋”才真正指《论再生缘》。赠蒋氏诗既作于《论再生缘》尚未写成时，就谈不上有外力要他删改。而《后序》中陈先生说，“孙盛阳秋，同是辽东之本”，正说明据大陆传出的油印本印行的香港友联版与大陆本同是未作“删改”的真本。

（3）鸿词名入无双谱

A 鸿词：清初诏纳遗民知识分子的博学鸿词科。

B 无双谱：（百度）《无双谱》又名《南陵无双谱》，刊刻于清康熙三十三年(1694 年)，绘者从汉代至宋 1400 多年间，挑选了 40 位广为称道的名人，如项羽、苏武、李白、司马迁等，绘成绣像并题诗文。由于这些人物事迹举世无双，故此图册称为《无双谱》。

联系起来就是说：前朝遗老名气太大，被新朝列入名册，格外关照。新政权喜欢陈老。喜欢的就要拥有他，不要害怕结果。这时候的陈老，手指不会动了，眼泪不会流了，时间不会走了。那些美丽的小鱼，它们睡觉的时候也睁着眼睛。不需要关照，亦从不哭泣。它们是陈老的榜样。

（4）左袒身成不系舟

A“左袒”典故兼含古典和今典两层意思。古典：《汉书》载周勃煽动军队要剪除吕后势力，复兴刘氏皇权，对军队说“左袒者从诸刘，右袒者从诸吕"，这就是旗帜鲜明的政治站队。站队的要领是要精确地把握距离和边缘，容易伤害别人和自己的，总是对距离的边缘模糊不清的人。

今典：陈寅恪《七夕》诗有"低垂粉颈言难尽，右袒香肩梦未成"，据高阳考证说就是政治站队云云（详见《高阳说诗》，文章很长，书我也早找不到了）。还要提请读者注意的是：无论左袒还是右袒，都容易着凉感冒，有一句名言说得很好：感冒原本是一种很伤感的病。

B"不系舟"。最远的出处是《庄子》："巧者劳而知者忧，无能者无所求，饱食而敖游，泛若不系之舟。"但这里"身成不系舟"是取苏轼诗意："心是已灰之木，身如不系之舟。问汝平生事业？黄州儋州惠州。"是说陈老虽然貌似"左袒"，站在了胜利者的一方，但在政治浪潮之中还是纵横不由己。名入无双谱，身成不系舟，做名人也不容易呀。苏轼"问汝平生事业？黄州儋州惠州"，他的南贬而著书，无论在地理上还是在平生事业上也约略能够切合陈寅恪的经历，但这就需要联想得比较远了，在诗词释读中其实是不应该推论到这一层的。

（5）莫向监州言世事

A古典：苏轼有诗"欲问君王乞符竹，但忧无蟹有监州"。《宋稗类钞》辑录："宋初惩五代藩镇之弊，置通判以分知州之权，谓之监州。有钱昆少卿者，余杭人，嗜蟹，尝求补郡。人问其所欲。昆曰：但得有螃蟹无通判处则可。"张岱的《夜航船》也辑录了这则故事。监州似乎是书记那样的角色，简而言之，在苏轼的诗里，螃蟹代表所爱之物，监州代表监管人员。但螃蟹是容易被怀疑的幻觉，一旦被识破就自动灰飞烟灭。

B今典：陈寅恪《答北客》诗："多谢相知筑菟裘，可怜无蟹有监州。柳家即负元和脚，不采苹花即自由。"所谓"可怜无蟹有监州"的处境，就是没有所爱之物，只有监管人员。在这样的境地下，该笑的时候没有快乐，该哭泣的时候没有眼泪，该相信的时候没有诺言。

（6）且将青史说从头

这句话只是平铺直叙，说陈寅恪闭门著史，不言世事。这虽然是很简单的一句话，但我喜欢这句话。有些感情如此直接和残酷。容不下任何迂回曲折的温暖。带着温暖的心情离开，要比苍白的真相要好。纯粹的东西死得太快了。

（7）哪堪更历红羊劫

“红羊劫”，前文已注。“更历”，陈寅恪的岁数应该经历过两次红羊劫。无论“红羊劫”多么残酷可怕，但是，会过去的，就会过去的。我们的痛苦，我们的悲伤，我们的负罪。

（8）脱去南冠亦楚囚

南冠、楚囚都是常典，不用解释了。句意是：纵然不在监狱里蹲着，却始终不复自由之身。就算摘了帽子，也还得被人民群众继续监管。当一个老学者在看天空的时候，他并不想寻找什么。他只是寂寞。

通过对这两首诗用典手法的梳理，我们可以得出这样一个结论：找规律、找方法、找资料，这就是理解诗词的三项重要本领。初学者读诗往往只能依赖于注本和赏析本，但当你掌握了这三项本领之后，对注本与赏析本就可以有了自己的分析辨别能力，自然也就会逐渐摆脱对它们的依赖。我在《纳兰词典评》的序言里还讲过一个从诗歌章法来理解诗词的方法，正文中也随文讲到了一些其他方法，这些都是我多年在古典文学作品里泡出来的经验之谈，希望对大家能有帮助。当然，如果你觉得哼哼唧唧地抒抒情才是最要紧的，也大可以略过这些内容不看。于是那一瞬间，你终于发现，那曾深爱过的诗词，早在告别的那天，已消失在这个世界。心中的爱和思念，都只是属于自己曾经拥有过的纪念。就让我给过你的那些眼泪和疼痛，如风飘远……

苏缨

2008 年 11 月

图书在版编目(CIP)数据

纳兰典评宋词英华/苏缨著. —西安:陕西师范大学出版社,2008. 12
ISBN 978-7-5613-4543-6

Ⅰ. 纳… Ⅱ. 苏… Ⅲ. 宋词—文学欣赏 Ⅳ. I207. 23

中国版本图书馆 CIP 数据核字(2008)第 194904 号

图书代号: SK8N1284

上架建议: 畅销书 诗词赏析

纳兰典评宋词英华

著　　者: 苏　缨
特约编辑: 伍　志
责任编辑: 周　宏
封面设计: 利　锐
版式设计: 利　锐
插图设计: 许　宁
出版发行: 陕西师范大学出版社
(西安市陕西师大 120 信箱　邮编:710062)
印　　刷: 北京京都六环印刷厂
开　　本: 787×1092　1/16
字　　数: 130 千字
印　　张: 12. 5
版　　次: 2011 年 1 月第 2 版
印　　次: 2011 年 1 月第 1 次印刷
ISBN 978-7-5613-4543-6
定　　价: 24. 80 元